THOMAS GSELLA

Achtung, Achtung, hier spricht der Weihnachtsmann!

THOMAS GSELLA

Achtung, Achtung, hier spricht der Weihnachtsmann!

carl's books

MIX
Papier aus verantwortungsvollen Quellen
FSC® C083411

Verlagsgruppe Random House FSC® N001967
Das für dieses Buch verwendete FSC®-zertifizierte Papier
Lux Cream liefert Stora Enso, Finnland.

1. Auflage

Umschlaggestaltung: semper smile, München
Bildredaktion: Dietlinde Orendi
Satz: Uhl + Massopust, Aalen
Druck und Bindung: CPI – Clausen & Bosse, Leck
Printed in Germany
ISBN 978-3-570-58534-4

www.carlsbooks.de

»O du fröhliche, o du selige,
gnadenbringende Weihnachtszeit!«

Johannes Daniel Falk (1768–1826)

»Und Maria schauet nieder / auf das Kind voll Lust und Leid, / singt im Herzen Wiegenlieder / in der stillen Einsamkeit.«

Joseph von Eichendorff (1788–1857)

»Zuletzt kommt dann die schönste Zeit, / Wenn Weihnacht wiederkehret, / Und wer dann heuer artig war, / Dem wird was einbescheeret.«

August Heinrich Hoffmann von Fallersleben (1798–1874)

»Weihnachten – Es war immer mein schönstes Fest.«

Theodor Storm (1817–1888)

»Eia Weihnacht! Eia Weihnacht!
Heute wird der Welt das Heil geboren!«

Conrad Ferdinand Meyer (1825–1898)

»Gehet nach dem Stern der Liebe, meine Kinder!«

Wilhelm Raabe (1831–1910)

»O du herrlicher Winter mit lustigem Flockengewirbel!
Und, o Weihnacht, du, schönstes, beglückendstes Fest!«

Ferdinand von Saar (1833–1906)

»Thomas Gsella, der Rüpel aus Bethlehem«

Darmstädter Echo (2014)

INHALT

VORWORT

Kennen Sie die Geburtstage weltberühmter Menschen? Wissen Sie also, wann Albert Einstein geboren wurde? Kleopatra? Nelson Mandela und Veronika Ferres? Wolfgang Amadeus Mozart, Angela Merkel und Leonardo da Vinci? – Wenn Sie zwei wissen, können Sie stolz sein.

Sie können aber nicht stolz sein. Kaum jemand kann das. Die weitaus meisten Menschen, mich eingeschlossen, kennen genau zwei Geburtstage auswendig: ihren eigenen und den von Jesus Christus. Und das ist ja auch kein Wunder.

Den eigenen behalten wir, weil wir an diesem Tag Geburtstag haben und was geschenkt kriegen und überhaupt alle so tun, als hätten sie uns im Grunde doch ganz gern. Den anderen behalten wir, weil es der zweitleichtest zu behaltende Geburtstag der Welt ist: der 24.12.0.

Den 24.12. behalten wir, weil wir an diesem Tag Heiligabend feiern, den mit Abstand tollsten Tag des Jahres. Noch vor dem Aufwachen fällt uns ein, dass wir bis 14 Uhr noch zwanzig extrem liebevolle und originelle Geschenke kaufen müssen. Gleich nach dem Aufwachen fällt uns ein, dass wir auch noch dringend Lebensmittel kaufen müssen, weil an den folgenden zwei Tagen die Geschäfte zu sind; kommt ein Sonntag in die Quere, sind es sogar drei.

Also hetzen wir nach dem eilig heruntergeschütteten Kaffee zum Auto, sausen los und stellen uns im Innenstadtstau hinten an. Eine Stunden später fahren wir aus dem besetzten Parkhaus wieder heraus, parken das Auto im absoluten Halteverbot, rennen ins Kaufhaus und pfeffern zwanzig extrem liebevolle und originelle Geschenke in den Einkaufswagen. Anschließend hetzen wir in die Lebensmittelabteilung, wo wir für immerhin zehn

Brote, zwanzig Kilo Fleisch, dreißig Eimer Käse und vierzig Konservendosen nur knapp zwei Stunden an der Kasse stehen.

Dann rennen wir mit etwa fünfzig Tüten pro Hand zu dem Platz, an dem das inzwischen abgeschleppte Auto stand, bestellen zwei Großraumtaxen und fahren heim. Unterwegs fällt uns auf, dass die im Taxi mitfahrenden Kinder uns auch deshalb bekannt vorkommen, weil es unsere eigenen sind und sie seit fünf Minuten unablässig brüllen: »Einen Tannenbaum! Wir brauchen noch einen Tannenbaum!«

Also bitten wir die Taxen, vor einem Tannenbaumgeschäft zu halten. Sie fahren uns auf einen riesigen menschenleeren Platz, in dessen hinterster Ecke tatsächlich noch ein Tannenbaum steht, fast einen halben Meter hoch und zum Glück fast ohne Nadeln. Während die Kinder anfangen zu heulen, handeln wir das gute Stück auf hundert Euro runter, lassen es von einem dritten Taxi zu uns nach Hause bringen – fertig!

Darum also behalten wir den 24.12. Die Null behalten wir, weil wir richtige Zahlen noch von der Schule her hassen und wir auch selbst eine Null sind, zumindest in Mathe. Außerdem *muss* Jesus Christus im Jahre null geboren sein, denn wäre er zum Beispiel am 23.7.1200 nach Chr. geboren, hätte niemand an ihn geglaubt. Zwei halbe Erlöser, die im Abstand von zwölfhundert Jahren geboren sind, wären selbst für gläubige Christen ein zu starker Tobak.

So war es also eine weise Entscheidung von Jesus, seine Geburt genau auf den Heiligen Abend zu legen: Wir können das Datum behalten, und er musste nur einen einzigen Tag auf sein erstes Weihnachten warten.

Beide tollen Tage lobt und feiert dieses Buch.

I
GROSSE FREUDE

AM 24. JUNI: WEIHNACHTSBERGFEST

Man gibt nicht gern den Gipfel her,
Den man im Flug genommen.
Doch war der Aufstieg felsenschwer,
Dann will man runterkommen.

So geht es heut im Sauseschritt
Ins Tal der frommen Lieder.
Denn heut ist Halbzeit, Bergfest, Schnitt.
Bald kommt – das Christkind wieder!

Stand gestern noch in Sommers Glut
Der Mensch von Kiel bis Mailand,
Steht heute schon im Winterhut
Ein »Touri« namens Heiland!

Und weil die Zukunft strahlt hinein
Ins Jetzt, da ich dies schreibe,
Saust plötzlich Hagel querfeldein
Um meine Windschutzscheibe –

Zum Bergfesttage wintert's schon!
So will uns Gott ermahnen:
»Ruckzuck kommt nun mein Gottessohn.
Ab heute bitte planen.«

ZUM ERSTEN ADVENT

Das erste Lichtlein, hei, nun brennt's!
Ein Flämmchen hüpft im Freudentanz.
Der Kranz drumrum heißt vorn Adsvents,
Im ganzen also: Ads-vents-Kranz.

Die Mutter hat ihn angeschleppt.
Der Sohn (bald 14): »Brauch ich nich'!«
Worauf sie mit den Füßen steppt:
»Ich mach das alles wegen dich!«

Dann singt sie los: »Macht hoch die Tür!«
Der Sohn kriecht in sein Handyphone,
Dann schnarcht er wie ein Murmeltier.

Die Mutter ruft: »Wach auf, mein Sohn!
Macht hoch die Tür! Das Tor macht weit!«
So singt sie froh und munter.

Der Sohn schreckt hoch: »O, wie sie schreit!«,
Dann schreckt er wieder runter.
Er ist der Weihnacht eingedenk
Und hört schon ihre Harfen.
Er weiß: Er muss bis zum Geschenk
Noch dreißig Mal tief schlafen.

DER SOGENANNTE LKW
Eine leider sehr wahre Geschichte

Es war einmal vor langer langer Zeit, da lebte bei einer großen Stadt ein Mann, der immer nur »der gute Mensch« geheißen wurde, denn er war von hochgradiger Freundlichkeit geprägt und schmiss tatsächlich ohne alle Maßen mit ihr um sich. Eines Tages aber, es war am Mittwochfrüh nach Nikolaus, und Frau Holle ließ Trilliarden weißer Flöckchen aus den Oberbetten rieseln, da saß der gute Mensch verträumt an seinem Redakteurstisch, rauchte eine Zigarette nach der andern auf und wollte sich grad eine neue drehen, als es plötzlich klopfte. Der gute Mensch durchmaß die Stuben einiger Kollegen, die dämmernd vor Computern lungerten, erreichte die eiserne Bürotür, nahm seinen Stummel aus dem Mund und öffnete.

Der Besucher war ein junger Mann von bewegtem Äußeren. Sein baumlanges braunes Haupthaar machte nicht den Eindruck, als stehe es im Zentrum seiner Eitelkeiten, und der Jacke seines abgewetzten Jeansanzugs, unter der ein fleckig gelbes Leibchen sichtbar wurde, fehlten beide Ärmel. Gewebe baumelte an ihrer Stelle; vermutlich hatte er die Ärmel einfach abgerissen. Auch war die rechte Hand des Mannes bis weit übers Gelenk von einem lumpigen, teils blutig roten Tuch umwickelt – und stinken, fand der gute Mensch, tat dieser Zappel wie ein Müllsack. In der Basisnote wie Gemüsemüll; die Bauchnote dominierte ein betörend alter Schweiß, darüber schwebte eine zarte Note Hundekot.

»Also vierundvierzig Euro«, rief der Mann, »brauch' ich jetzt absolut sofort!« Um es zu unterstreichen, faltete der Besucher kurz die Hände, fuhr sich durchs spisselige Haar und betonte schließlich, dass ihm gar nichts anderes übrig bleibe: Sein 70-Tonner stehe »mit festgefressenen Bremsen ganz hier in der

Nähe, Kreuzung Her… Hermann-/Ottostraße. Oder so. Ja. – Und ohne neue Bremsflüssigkeit krieg' ich die Dreckskiste nicht weg. Zwei Liter, macht vierundvierzig Euro. Hasse 'ne Kippe?«

Ein dezidiert vorweihnachtlicher Engpass, sagte sich der gute Mensch, während er dem Mann die Packung Samson Halfzware reichte. Völlig pleite sei er, krähte der Besucher, kratzte sich am mullverbundenen Handgelenk und stank nun plötzlich eher nach Urin und moderigen Socken. Und der größte Mist sei, dass ihn sein Chef erst auszahle, wenn der LKW entladen und die, wie Ronny sagte, Scheiße abgeliefert sei! Eben dazu aber brauche er die vierundvierzig Euro oder streng genommen sechzig! Zwar sei er durchaus im Besitz von Bargeld und Kontokarte, aber alles liege samt Führerschein, Personalausweis und Portemonnaie im Handschuhfach des LKW und sei, so rief er, »jetzt natürlich eingeschlossen! Ich krieg' die Tür doch nicht mehr auf!«, schrie er jetzt, grub den Zeigefingernagel schnalzend in ein Backenzahnloch und verfiel in stumm flehentliches Warten.

Da, erstmals, kam Bewegung in den guten Menschen. Bis hierher war es ihm ein wenig schnell gegangen, nun aber schüttelte er mitfühlend den Kopf und gab dem Mann, denn kleiner hatte er's ja leider Gottes nicht, einhundert Euro. In der Folge wurde er gewahr, wie der Besucher sich anfänglich gelähmt, dann ungläubig staunend, schließlich außerordentlich erkenntlich zeigte und auch ziemlich schelmisch, beinahe triumphierend grinste, Speichel tropfte ihm dabei herab – doch kaum hatte seine Mimik sich geordnet, versprach er fest, die Schuld schon »morgen oder bald« zu begleichen: Er sei, weil er »für einen … ähm … öhm … Großbetrieb hier im Haus« fahre, ja sowieso des öfteren an Ort und Stelle. »Also danke!«, rief der kleine Mann, klopfte dem guten Menschen dreimal kräftig auf den Unterarm und pfefferte die Zigarette auf den Boden. »Echt super, haha!« Dann tanzte er den Flur entlang zum Treppenhaus.

Mit großer innerer Erleichterung registrierte da der gute Mensch, dass das unerwartete Geschehen nun wohl an ein Ende gelangt war. Allein, als er die schwere Eisentür von innen schließen wollte, klopfte es erneut. »Entschuldigung«, krächzte der Besucher, »den hier hatte ich vergessen. Dein Tabak. Hasse was zu schreiben?« Still besorgte der Gefragte Kuli und Papier und reichte es dem Mann. Kurz darauf erhielt er einen Zettel. »Hier, so heiße ich. Steht alles da drauf. Tschaui!«

»Danke«, flüsterte sein Gegenüber, steckte den Zettel in die Innentasche seiner Jacke, verfolgte aufmerksam, wie der Schuldner endgültig ins Treppenhaus verschwand, und nickte lächelnd einverstanden.

Friseur Gall, Tanzschule Luley: Mit der Aufzählung beider im Haus ansässigen Großbetriebe verbrachte unsere Hauptperson, die auch für ihren messerscharfen Geist bekannt war, den Rest des Arbeitstages; und mit versonnenen Erwägungen, welche Dinge und Artikel denn von Tanzschulen und Friseursalons gleich lasterweise an- und ausgeliefert werden mochten? Neue Schrittfolgen? Alte Haare? Tanztee? Er kam und kam nicht drauf. Nach einer Weile erinnerte er indes das Zettelchen. Aufgeregt griff er in seine Jackentasche, holte es hervor und las:

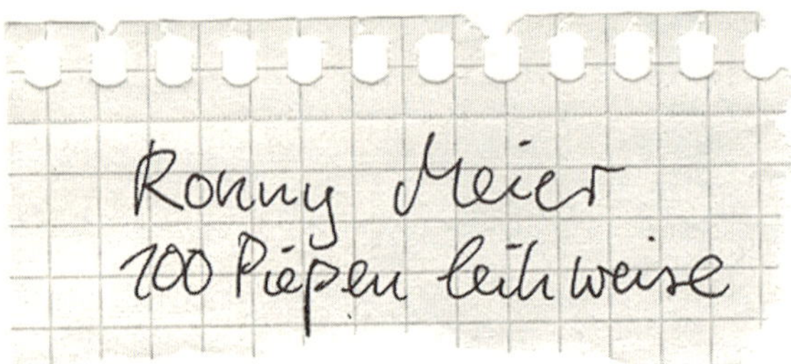

Na sieh mal an, dachte der gute Mensch, jetzt hab ich also eine Quittung. Zum Abend überlegte er, dank welcher Verwicklungen defekte Bremsen dazu führen, dass ein Handschuhfach beziehungsweise LKW sich nicht mehr öffnen lässt – »aber hundert Euro«, freute er sich still, »reichen immerhin für einen ersten Bremsölvorrat.«

Doch plötzlich hielt er inne. Und bald sah man ihn bewegungslos vor einer größeren Bürowand stehen; dort hing, mit einem Dutzend bunter Nadeln festgepinnt, der örtliche Stadtplan …

Zwei Tage waren vergangen, da klopfte Ronny Meier wieder an der Redaktionstür. Noch immer trug er den zerrissenen Jeansanzug. Doch hatte er erkennbar einen Strumpf eingebüßt: Der rechte Fuß stak nackt in einem modischen, wenn auch kaum wintertauglichen grasgrünen Badelatschen. Auf seinem Kopf saß nun ein grauer Federhut, und aus der Brusttasche der zisseligen Jacke lugte eine Spiegelsonnenbrille. Es roch nach schimmeligem Kühlschrank.

Vor allem aber, berichtete Ronny und erschreckte den guten Menschen mit einer glühend scharlachroten Färbung seiner Augen, seien mit den Bremsen auch die Zündkontakte und Vergaser ruiniert, der Rest der hundert Euro also auf dem Schrottplatz draufgegangen – übrigens müsse auch der Luftfilter gewechselt werden. Zwanzig Euro, so schloss Ronny, oder besser achtzig müssten reichen.

Dass er ihm bereits beträchtlich ausgeholfen habe, wandte der gute Mensch sehr leise ein, so leise, dass er's selbst kaum hörte, musste allerdings erkennen, dass er an den Falschen geraten war. »Eben!« rief, ja schrie Ronny, da seien achtzig Euro »doch ein Pappenstiel!«; und gab auch zu bedenken, dass er die Schulden ohne den Empfang von neuerlicher Unterstützung nie werde begleichen können und noch weniger wollen, ha; er, der gute Mensch, dürfe seinen »Hunni dann jedenfalls abschreiben, der ist dann praktisch futsch, sorry, hehehe. Also was ist?«

Er begreife, erwiderte der gute Mensch, die Notlage, doch gebe es, startete er einen neuen Versuch, seines Wissens überhaupt gar keine »Kreuzung Hermann-/Ottostraße«; gestern Abend sei er – aus purem Zeitvertreib! – die Hermannstraße dreimal auf- und abgelaufen und habe weder eine, hier mühte er sich um einen unwirsch ernsten Ausdruck seiner Augen, »sogenannte Ottostraße« wahrgenommen noch irgendeine andere

Kreuzung. Auch keinen störend oder regelwidrig abgestellten LKW; für 70-Tonner, setzte er hinzu, sei die Hermannstraße vermutlich gar nicht zugelassen; sie liege, er habe es persönlich überprüft, übrigens nicht »hier in der Nähe«, sondern am äußersten Stadtrand, ein kaum zwei Meter breites Gässchen inmitten einer Gartenlaubensiedlung, geteert im ersten Teilabschnitt, danach ein ausgesprochener Spazierweg, der an einem verwitterten Holzzäunchen ende. Dann komme nichts als Wiese, vereinzeltes Gebüsch, dahinter Wald, die ersten Bäume des Hochtaunus …

»Na eben!«, rief Ronny. Das sei ja der Scheiß. »Exakt da steht die Scheißkarre rum! Mitten auf der Hermannstraße oder, kann sein, dann eben Bahnhofstraße.« – Ob er ihn eigentlich für einen Lügner halte?

Aber nein, entkräftete der gute Mensch sich eilig selbst, »bestimmt Bahnhofstraße«, verschluckte einen leichten Hustenreiz und pfriemelte einen Fünfzigeuroschein aus dem Portemonnaie. Denn kleiner hatte er's ja wieder nicht. Wieder aber zeigte sich der Fahrer dankbar, versprach Rückzahlung für den nächsten Tag und steckte seinem Helfer einen handbeschriebenen Zettel zu. »Damit du mich kennenlernst. Wir können«, nun starrte er dem guten Menschen ohne Umweg ins Gesicht, »vielleicht ja sowieso mal quatschen morgen! Ich kann dir was erzählen, da fällst du um!« – Dann verschwand er.

Man kann sich denken, mit welcher Spannung unsere Hauptperson der Lektüre entgegensah. Und kaum hatten die Kollegen abends das Büro verlassen, holte er den Zettel hervor und las:

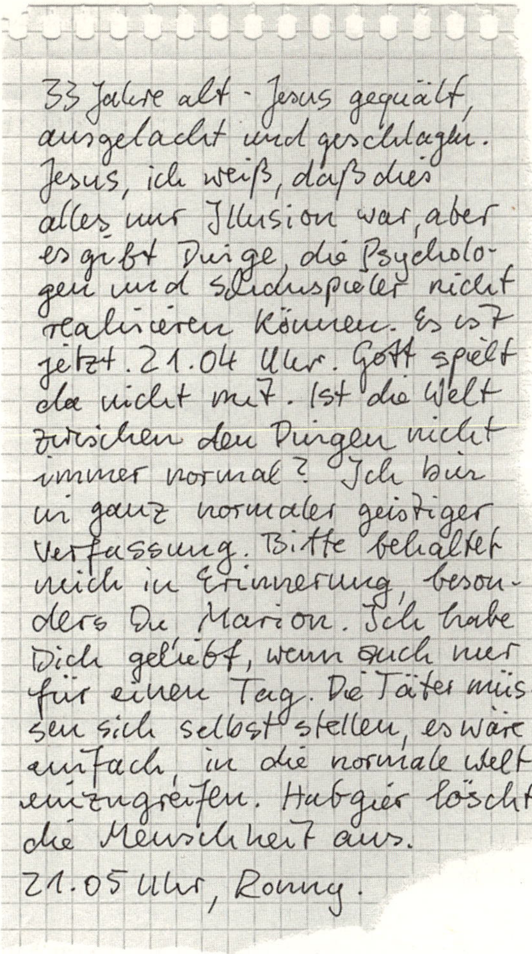

33 Jahre alt - Jesus gequält,
ausgelacht und geschlagen.
Jesus, ich weiß, daß dies
alles nur Illusion war, aber
es gibt Dinge, die Psycholo-
gen und Schauspieler nicht
realisieren können. Es ist
jetzt. 21.04 Uhr. Gott spielt
da nicht mit. Ist die Welt
zwischen den Dingen nicht
immer normal? Ich bin
in ganz normaler geistiger
Verfassung. Bitte behaltet
mich in Erinnerung, beson-
ders Du Marion. Ich habe
Dich geliebt, wenn auch nur
für einen Tag. Die Täter müs-
sen sich selbst stellen, es wäre
einfach, in die normale Welt
einzugreifen. Habgier löscht
die Menschheit aus.
21.05 Uhr, Ronny.

Bei all dem nimmt es wohl nicht wunder, dass unser guter Mensch, dessen Kombinationsgabe im übrigen weltberühmt war, das Zettelchen beruhigt verstaute und sich nun sicher wähnte, eine wahrhaft empfindsame Seele gewonnen zu haben.

Und welche Freude überkam ihn erst, als Ronny schon am

nächsten Tage Neuigkeiten brachte! »Irgend so ein Drecksventil« habe die Bremsblockierung nicht überlebt; auch dieser Schaden aber ließe, so der Freund, sich mit »siebzig oder sagen wir vierhundert Euro« beheben.

Gern wäre da der gute Mensch seinem Namen wiederum gerecht geworden. Allerdings begab es sich, dass er ja keinen Pfifferling mehr hatte. Und mit Erstaunen spürte er, dass ihn dies beinahe erleichtert stimmte. Denn war es, dachte er, nicht streng genommen Ronnys LKW? Und musste dann nicht letztlich der sich einen neuen Laster kaufen? Kurzum: Der gute Mensch schlug ab – und musste sich von Ronny arg beschimpfen lassen.

»Die paar Euro sind doch jetzt wohl wurscht!«, wütete der LKW-Besitzer und hielt dem guten Menschen schließlich vor, er sei halt doch ein geiziges, ein ganz normales Spießerschwein und Ausbeuterarsch, ja Flachwichser und verfickter Scheißsaukopf. An diesem Tag verabschiedete sich Ronny ohne Händedruck.

So zogen die Wochen ins Land. Weihnachten stand vor der Tür, in den Schaufenstern der Warenhäuser suchte unser guter Mensch nach einem neuen Wollwestchen für Mutti, da sah er Ronny wieder. Still lehnte er im Eingang einer kleinen Bierstube. Auf seinem Kopf saß eine grüne Büffelfellmütze mit Ohrenschutz, den Oberkörper wärmte ein Palästinenserhalstuch. Mit Freude sah der gute Mensch, dass Ronnys Schuhwerk, zwei violette Gummistiefel, nun der Jahreszeit entsprach. Mit der rechten Hand umklammerte er einen prall gefüllten blauen Stadtmüllsack. Beide Männer freuten sich über diese unerwartete Begegnung, und so entspann sich gleich ein heiteres Gespräch:

»Hallo Thomas«, sprach Ronny, denn so hieß der gute Mensch mit Vornamen. »Hast du die vierhundert Euro?«

»Hast du die hundertfünfzig?«, parierte Thomas und verspürte Stolz über diesen präzis gesetzten Konter.

»Pff! Solange du das Ventil nicht zahlst, krieg' ich die Kiste nicht flott.«

»Das«, sagte Thomas, »hatte ich vergessen. Steht also dein LKW noch immer auf der Kreuzung! Und was ist in dem Müllsack?«

»Popcorn. Ich verkaufe es in Kneipen. Zwei Handvoll ein Euro.«

»Ach so.« Vielgesichtig, räsonierte Thomas, sind die Wege, die der Warenhandel einschlägt. »Aber wo bekommt man derart viele Popcorntüten her?«

»Es ist«, sagte Ronny, »nicht in Tüten. Liegt da so lose drin. Hab' ich im Kino geklaut. Hör zu«, sammelte sich Ronny und erbat sich eine Zigarette, »ich sag dir die Wahrheit: Ich bin im Methadonprogramm. Aber dieser ganze Ersatzdreck ist voll Mist. Ich will waschechtes Heroin! Gib mir wenigstens achthundert Euro oder zwanzigtausend!!«

Da aber erkannte Thomas, wie gut er daran getan hatte, Ronny das geforderte Restgeld zu verweigern. Denn im berauschten Zustand, sann er vor sich hin, soll man nicht Laster fahren! Und eins mit sich, Gott und der Welt ging unser guter Mensch, den einige auch »Gsella« nannten, seines Weges.

Denn so hieß dieser Esel mit Nachnamen.

Zweiräder
abstellen
verboten
Hundeoase

HUNDEWEIHNACHT

Von den Autos überfahren,
Von den Kindern aufgehängt,
Ausgesetzt nach zwanzig Jahren,
Von den Zweirädern verdrängt:

Ach, es sind die kleinen Strolche
In der Großstadt nicht beliebt.
Umso besser, dass es solche
Liebevollen Orte gibt.

Kommt ein Hund nach langem Wandern,
Zunge raus, der Körper bebt.
Tot, gestorben sind die andern,
Er allein hat überlebt.

Ajax starb an fauler Wurst.
Bello ist im Müll geblieben.
Ben und Struppi hat der Durst
In den Suizid getrieben.

Und er spürt, wie eine Zecke
Ihm das letzte Blut entzieht,
Legt sich um die letzte Ecke
Längs zum Sterben hin – und sieht:

Was ist das? Er kann's nicht fassen.
Ist's ein Traum? Ist er verrückt?
Fehlen seinem Schrank die Tassen?
Hat er Schnaps gefrühestückt?

Mancher Mensch hat ihn getreten;
Einer macht es ungeschehn.
Und ein Hund beginnt zu beten:
Danke, Mensch! Ach, ist *die* schön!

Nicht nur, dass er nie so feinen
Hintergrund aus Wellblech sah –
Auch die Ösen für die Leinen,
Plasteschüssel: alles da!

Und mit fröhlich feuchter Nase
Und nach jugendschnellem Lauf
Legt er sich in die Oase
Und steht niemals wieder auf.

In Zeiten eines machthungrigen Islam bleibt auch die Christenheit nicht untätig. Wie hier auf Koh Samui sieht man auf den von Moslems begehrten buddhistischen Inseln Südthailands immer öfter afrikanische Kardinäle beim demonstrativen Weihnachtsgebet.

WEIHNACHTSGESCHENKE IM TEST (1)

TIERE

Alle Seelen jubilieren,
Alle Herzen tirilieren
Aller Mädel, aller Knaben,
Die ein Tier bekommen haben.
Gute Eltern schenken drum
Kindern ein Aquarium
Oder auch ein Hamsterlein.
Ihr habt beides? Das ist fein!
Doch nun sollt ihr's auch gebrauchen;
So verlangt's die Dankbarkeit.
Sonst sind Herrchen und sein Frauchen
Bald das ganze Schenken leid.
Vor dem Spiele möcht' ich bitten:
Nehmt den Tauchsieder zum Dritten!

Senkt zuerst erwähnten Sieder
Ins Aquarium hernieder,
Schließet das Gerät alsdann
An das deutsche Stromnetz an.

Seht, wie in den Fischgefilden
Sich nun lustig Bläschen bilden,
Wenig erst, dann mehr und mehr.
Seht die Fischlein hin und her
Schwimmen, hetzen, flüchten, taumeln,
Bis sie schließlich stille baumeln,
Dank sei euch, ihr Meisterköche,
An des Wassers Oberfläche.

Fangt sie alle, bis auf zwei,
Mit dem Fischnetz und, juchhei,
Stopft sie unbarmherzig dem
Hamster in sein Halssystem.

Jenen zweien, schripp und schrapp,
Reißet ihr die Köpfchen ab,
Werfet dann in Sausesschnelle,
Dass er sich nicht unnütz quäle,
Den gestopften Hamster in
Das geöffnete Bassin.

Zieht nach sprudelndem Getose
Nun den Stecker aus der Dose
Und verstauet sorgsam wieder
Fischfangnetz und Wassersieder.
Ruft aus hellsten Kinderkehlen:
»Mama! Papa! Fische fehlen!
Hamster hat sie artvergessen
Bis auf zweie aufgefressen!«

Singet diese schlimmen Zeilen,
Bis die Eltern zu euch eilen
Und den Hamster dick und rund
Mit gefülltem Bauch und Schlund

Im fast leeren Wasser sehn!
Und die Welt nicht mehr verstehn,
Doch schon bald mit wärmsten Gesten
Euch, ihr lieben Kinder, trösten…

Und zum Ende greift der Pa,
Um den Hamster nicht erst morgen,
Sondern heute zu entsorgen,
Ins noch ziemlich heiße – »Aaaaah!!!«

So ist's lieb, ihr Kinderlein:
Kinder sollen dankbar sein!

AUF DEM WEG ZUR CHRISTMESS
oder
»SO GROSS IST GOTT

So groß: dass er in allem Wehn
Der Lüfte lebt und allem Moos,
In Blumen, die ihm zuerblühn
Und dankend sagen: Du bist groß.

So groß: Verborgen uns, den Blinden,
Und doch so groß, urerster Wind,
Ist er der Vater, den wir finden
Im Spiel, in dem wir Kinder sind.

So groß: Den könnt man glatt halbiern,
Der wär noch immer groß wie'n Haus.
Mir sieht, ich lass mich korrigiern,
Der Typ verschärft nach Schöpfer aus.«

WEIHNACHTSGESCHENKE IM TEST (2)

KUNST

Wieder einmal kam das Christkind näher und näher, und wieder einmal hatte ich nicht den leisesten Schimmer, was ich all meinen Liebsten, all meinen nutzlosen und verhassten Freundinnen und Freunden schenken und aufhalsen könne. Da aber schloss ich meinen Briefkasten auf, nahm eine Faltpostkarte heraus und las:

»Ausstellungseröffnung: Wachsende Ungeduld der Dimensionen – Bilder und Objekte von Edgar H. Harr. Sie und Ihre Freunde sind herzlich eingeladen. Café Kulturbühne, Sonntag, 11.00 Uhr.«

Unter Nieselregen schlurfte ich zum Café, wo ich ein Gläschen Sekt entgegennahm: Mumm.

»Der soll wohl Mumm machen, was?«, schäkerte ich in Richtung Begrüßungsdame, die dann etwas blöd zurückgrunzte, aber vernieselte Sonntagmorgende erwecken in mir immer wieder diese Lust auf billige Wortspiele. Ich trank in einem Zug leer und hob mich weit über den als Theke dienenden Tisch. »Bitte, Ma'am, mehr Mumm!«

»Das ist aber dann das letzte«, sagte sie, Künstlers Ehefrau wahrscheinlich und also für Haushalt und Kalkulation verantwortlich.

»Das ist sowieso das Letzte!«, wortspielte ich zurück. »Aber egal. Vollmachen!« Als sie gehorchte, lächelte ich charmant auf: »Bin doch selbst Künstler, wissen Sie …«

»Ach ja? Auch – Bilder und Objekte?«

»Jawohl. Bilder, Objekte, alles. Wenn Sie gestatten:« – verbeugend nahm ich meine Pudelmütze ab – »Gsella. Öl, Pressspann, Alteisen.« Dann trat ich trinkend ins Café-Innere, tauschte mein erneut leeres Glas gegen ein volles und fragte mich, wer denn hier gestorben sei.

Die Krisis der modernen Kunst, ihr geradezu konstitutiver Nihilismus, dient oft zur Erklärung der Tatsache, dass 99,7 Prozent unserer Künstler und -freunde Schwarze sind: schwarz die Schuhe, schwarz die Hose, schwarz das Hemd, Schal, Mantel, Hut, Brille, alles schwarz. Aber das hat mit Krisis und/oder coolem Existentialismus nichts zu tun, sondern ich vermute, bei Schwarz kann man nichts falsch machen und sich außerdem erholen. Wer täglich mit allen Farben des Regenbogens hantiert, hat ja irgendwann die Faxen dicke; und was läge da näher, als sich in der Freizeit in die unbunteste aller Nichtfarben einzuwickeln, eben das Nachtschwarz.

Dies ging mir nach den ersten zwei Gläsern durch den Kopf. Nach den ersten zwei Gläsern war ich noch halbwegs beieinander.

Ich schluckte aber weiter drauflos an jenem Sonntagmorgen und sah mich um. Über mal kantigen, mal kugeligen Ton- und Gipsprojekten mit Namen wie »Ohne Titel« oder »Ohne Titel« hingen einfarbige Vierecke verschiedener Größe – und offenbar auch Haltbarkeit: Ein kleines blaues kostete 1800 Euro, ein gelbes hingegen, kaum größer, 2600.

»Ich k-kauf das! – Das da!«

Begreifen tu ich es bis heute nicht; es muss der Weihnachtsschenkterror plus früher Sekt gewesen sein. Und augenblicklich starrten mich die Schwarzen fragend, fast erschrocken an, die Gespräche stoppten; einen Kauf schien hier niemand erwartet zu haben.

Sogar die Jazzband hörte einfach auf.

Es wurde völlig stumm um mich herum.

Ich stand da, ein fiebriges Gefühl in den Augen, und wusste nichts anderes, als mit der linken Hand nachzukippen und mit der rechten starr auf das gelbe Viereck zu zeigen.

»Das da, jawohl. Bitte p-packen Sie's ein. Und das blaue daneben gleich mit! Macht vier vier, na prima. Überhaupt kein Problem.«

Mir wurde schlecht; aber gerade albtraumhafte Situationen sind ja oft sehr stabil. Trotzdem hoffte ich mit aller Kraft, es sei hier gar nichts wahr und ich noch brav im Bett oder vielleicht auch in Italien, und sog stramm am Mumm.

Da kam etwas auf mich zu, ergriff meine Hand und schüttelte sie. »Harr. Guten Tag.« Aha, der K-Künstler! Ich sah von ihm nur Mund und Ohren.

»Meine Bilder gefallen Ihnen?«

»Se-sehr...«, stammelte ich. »Sie haben so was... hihi... Einfarbiges... Viereckiges...«

»Nicht wahr?« Sein Mund sah mir in die Augen. »Schauen Sie nur hin! Dieses Blau: Ist es nicht warm und doch kalt? Hell und doch dunkel? Eros und Thanatos? Freude und Leid?«

»Himmel und Hö-Hölle! Prost! Krieg und F-Frieden!« Eine stürmische Dreifaltigkeit aus Sympathie, messerscharfem Kunstverstand und Alkohol fegte mich hinweg: »Sekt oder Selters! Hanni und Nanni!«

»Trauer und Hoffnung!« Harr schrie jetzt, und er war mir so nah. »Mars und Venus!«

Er fiel mir in die Arme.

»Nadel und Faden!« Ich begann zu weinen. »Hä-Hänsel und Grethel! Dortmund oder Bayern!« Als Harr unter mir wegsackte, fiel mein Blick auf das zweite Bild. »Und er-erst dieses Gelb! Harr! Aufschwung und Krise! Adel und Klerus! Kartoffeln mit Nudeln! Heinrich der Achte!«

Harr war zusammengebrochen. Er wand sich am Boden,

schluchzend und keuchend: »Aufzucht und Pflege… Mama und Papa…«

»Hase und Igel! M-Mensch, Harr…« Bei diesen Worten sackte ich ab und auf ihn drauf. »Ich kaufe alles, Harr. A-Alles!«

Ich spürte noch, wie Harr mich brüsk wegstieß, dann – nur noch Schwarz…

Als ich wieder zu mir kam, lag ich, grad unterhalb des gelben Œuvres, auf einem Tisch. Das Café war fast leer. Nur die Begrüßungsdame huschte, Sektgläser sammelnd, durch die Bestuhlung.

»Wo ist Harr?«, fragte ich.

Sie antwortete, ohne ihre Arbeit zu unterbrechen. »Sie sollten ihn vergessen. Er verkauft Ihnen nichts. Mit Hase und Igel, sagt er, haben seine Bilder nichts zu tun.«

»Hm.« Aber hatte Harr nicht recht? Wortlos schleppte ich mich aus dem Café, trat draußen noch gegen eine Cola-Büchse und ging schlafen.

MEIN GEIST, MEIN FLEISCH, MEIN TANNENBAUM

Wahrscheinlich gibt es keinen Gott. Wahrscheinlich
Hat ihn der Mensch gemacht aus Angst und Not.
So also ist mein Geist zur Zeit im Lot,
Allein mein Fleisch ist mir zur Zeit recht peinlich.

Sein Auge wählte gestern eine Tanne,
Und seine Hände zahlten ihren Preis.
Dann trugen seine Arme diesen Scheiß
In unser Haus. So haut's mich in die Pfanne.

Bald hält sein Mund gar eine wirre Predigt:
»Gleich kommt das liebe Christkind … psst … ich hör's!«
Die Zunge meines Fleisches lügt. Ich schwör's:
Bescherung wird von meiner Frau erledigt.

Und auf ihr Zeichen rennen wir ins Zimmer.
Die Beine meines Fleisches rennen mit.
So hält mein Fleisch mit unsern Kindern Schritt,
Und sind wir da, benimmt es sich noch schlimmer.

Dann ist ihm wahrhaft alles recht und billig.
Es steht und schaut, gerührt als wie ein Tropf.
Und eine Träne fällt aus seinem Kopf.
Ein Geist wird schwach, ist Fleisch erst derart willig.

O »TANNENBAUM«!

Aber nun ist es halt wieder soweit: Weihnachten klopft an die Tür der »Herbergen« unserer Befindlichkeit, doch der »Moloch« Konsumterror treibt uns in die Kaufhäuser, wo wir irgendwelchen Quatsch kaufen und »Pullover« und so. Und man merkt schon, diesmal gibt's viele »Anführungszeichen«. Das kommt vom »Tannenbaum«. Seit gestern hab ich einen Tannenbaum, da liege ich nun drunter und lese den neuesten Verwarnungszettel meines Nachbarn:

Bei der hier herrschenden »Parkplatzknappheit« ist es eine Unverschämtheit, Ihr »Auto« so »schräg« hinzustellen. Und »Fahrräder« gehören in den Keller!

Dazu muss man wissen: Mein Nachbar ist ein Saubatzen mit reichlich »Ebbe« in der Birne, und seit Neuestem meint er halt, dass alle Wörter, auf die es irgendwie »ankommt«, auf Gänsefüßchen durch die »Gegend« watscheln müssen. Dabei gehören Räder gar nicht in den Keller. Sie gehören pittoresk an die »Hauswand« gelehnt und bei Regen in den Hausflur, damit man sie, wenn der Regen »aufgehört« hat, schnell und ohne Mühe wieder an die Hauswand lehnen kann. Ich habe nichts gegen Andersdenkende. Aber andersdenkende Nachbarn sollte man mit guten »Worten« von der Falschheit ihrer Ansicht überzeugen. Und wenn sie immer noch nicht hören wollen, dann schießt man ihnen in den »Kopf«. Aber Vorsicht: Erschossene Nachbarn nicht pittoresk an die »Hauswand« lehnen! Da werden sie ja »nass«.

»Themenwechsel«. Kürzlich machte eine »feine« Illustrierte namens »PM – Peter Moosleitners interessantes Magazin« sich folgende »Gedanken«: *»Geht man von 15 Zentimetern (erigierter) Penislänge aus, erlebt eine Frau während ihres Liebeslebens insgesamt ›200 Kilometer Penis‹: Das entspricht der sechsfachen Länge des Ärmelkanal-Tunnels.«*

Aber kommt es darauf an? Ich sage »nein«. Kilometer sind so wenig ein Aphrodisiacum wie Doppelzentner. Beweis: Unterstellt man eine durchschnittliche Gewebemasse von siebenhundert Gramm, erlebt ein Mann im Laufe seines Liebeslebens unter anderm 180 000 Tonnen »Oberweite«. Das entspricht dem neunfachen »Gewicht« des Oberhausener Finanzamts. Ist ja »super«.

Noch viel »spannender« ist allerdings die Frage, wie's beim Blauwal aussieht. Geht man, wie erst kürzlich ein Bericht auf »vox«, von drei Metern aus, erlebt eine Blauwaldame während ihres Liebeslebens vier Millionen Kilometer Penis, aber: Ungefähr so weit muss sie auch »schwimmen«, um überhaupt einen zu finden. Und die Menschenfrauen?

Die meisten finden »einen« in der Heimatstadt, oft sogar im selben Viertel. Das ist »schön«. Andererseits bekommt die Blauwalin dann auch zwanzigmal soviel – auf einen »Streich«! Viel hat sie davon aber nicht. »Umfragen« ergaben, dass nur jede zehnte Blauwaldame Vaginalorgasmen kennt, alle anderen »tun« nur »so«. Nach der langen »Anfahrt« ist dies andererseits kein Wunder. Der chauvi Blauwalmacker könnte ja was merken, in seiner »sprichwörtlichen« Eitelkeit verletzt sein, und schon hätte unsere »Dame« die nächsten vier Millionen Kilometer am »Hals«.

Kurzum: Hier steht Pragmatik absolut im »Vordergrund«. Nun aber »frohe« Weihnacht!

MEIN FROMMSTER VERLESER

Laut dem Weisesten aller Weisen Theodor Wiesengrund Adorno muss man Johann Sebastian Bach zwar verteidigen gegen seine Liebhaber, die ihn, Bach, mit wütender Emphase verehren als absolute Inkarnation vorindividuellen Seinsglücks, just weil sie selbst nix als postindividuelle dekonturierte arme Würstchen und komplette Esel sind mit ihren albernen Bach-Abenden und kultisch kräuterteefeuchten Kontrapunktgottesdiensten, God fuck them all. Trotzdem las ich auf einer Bahnhofanzeigentafel jüngst überaus erfreut, dass mein Zug »ca. 5 Motetten verspätet« sei, obwohl ich mir grad erstens gar nicht die Motetten, sondern die Missae brevae oder brevi oder wie, jedenfalls die Kurzen Messen BWV 233–236 in Philippe Herreweghes absolutem Dirigat frohweinend reinzog *und* obwohl zweitens die Verspätung – die »sechs großen Motetten« dauern total sechsundsechzig Minuten, ergo eine durchschnittlich elf – dann fünfundfünfzig Minuten statt fünf betragen hätte! Haben würde! Die ich kompletter Esel aber eben supergern blöd rumstünd, wennjawenn – da indirekt mein Bach dran schuld wär! Statt der bescheuerten scheiß Bahn.

Und wären die Motetten nicht in der Tat ein vorindividuell trost-, ja glückbringendes Zeitmaß? »Ein Spiel dauert 8,18182 Motetten«, »Unsere Jüngste ist ja jetzt auch schon 196 457«, »… wurde die im Fall Mollath mitverantwortliche bayrische Justizhexe Merk zu einer Gesamtzuchthausstrafe von 4,38 Terra-Motetten verurteilt« – hört sich das nicht schöner und gerechter an als 624 Jahre? Nein?

Doch.

II
GROSSE VERSUCHUNG

ZUM ZWEITEN ADVENT

Advent, Advent, ein Lichtlein brennt,
Erst eins, dann zwei – was sehen wir?
Die Oma ist gekommen.
Der Vater hat nach einem Bier
Noch andere genommen.
Ist einer voll, sind viele leer,
Dann läuft der Weinbrand hinterher.
Nur Geist belebt den Frommen.

Derweil im Ofen golden schmort
Der fette Sonntagsbraten,
Berichtet Oma heilumflort
Von Jesu Wundertaten:
»Das haut den schwersten Bauern um,
Wie leicht er Lahme sehen ließ
Und Arme wieder gehen ließ…«

Der Vater (rülpsend): »Andersrum!«

Der Sohn ist wieder eingepennt.
Die Mutter liest die Zeitung vor:
»Der zweite Sonntag des Advent
Erinnert uns an Christi…«

»Tooor!«
Der Vater hebt ein kleines Glas.
Die Mutter: »Christi Wiederkehr.«
Der Vater: »Drei zu null. Das war's!«
Die Mutter denkt: Ich will nicht mehr.

»Drei Wochen noch…«, die Oma spricht
Wie raum- und zeitverloren,
»… Dann wird uns unterm Himmelslicht
Der Menschensohn geboren.«

»D-Der Menschen – was?!«
Die Mutter stumm:
Wie ist der Mann missraten!
Der Sohn treibt sich im Handy rum,
Dann mampfen sie den Braten.

WEIHNACHTSGESCHENKE IM TEST (3)

VERKLEIDUNGSSACHEN

Sag mir: Bist du so ein Junge?
Mutterlos? Mit einer Zunge,
Die schon tief als wie ein Mann
Frommes deklamieren kann?
Ist auch zweitens dein Herr Vater
Ein »kreuz-net«-Hasspredigtpater,
Den das Christenfest der Weihnacht
Alle Jahre wieder high macht,
Weshalb er in einem fort
Mit dir fliegt von Ort zu Ort,

Um vor krausen Ledigen
Und Paaren Hass zu predigen?
Freute dich, wenn dieser Herr
Bald beim Gottseibeiuns wär'?

Nun, dann wünsch dir frank und frei
Von dem Christkind dreierlei:
Erstens einen Rauschebart
Jener aufklebbaren Art,

Welche bis in letzte Ecken
Hals und Antlitz ganz verdecken.
Zweitens einen, spitz dein Ohr,
Schwimmgürtel aus Styropor,
Den du gründlich und beherzt
Mit dem schwarzen Filzstift schwärzt,

Und ein kleines rotes Licht,
Das mal leuchtet und mal nicht.
Alles dieses sei, hex hex,
Pflichtteil deines Handgepäcks!

Steige derart präpariert
In das Flugzeug – und gib acht!
Denn sobald Paps müde wird
Und dann schläft wie in der Nacht,
Binde ihm ganz still und stumm
Den erwähnten Gürtel um.

Kleb' auf ihn das Blinkelicht!
Kleb' alsdann auf sein Gesicht

– Vorsicht! Drücke äußerst zart! –
Gleicherwähnten Rauschebart.

Nun heißt's zweierlei: Ihn wecken
Und dich simultan verstecken.
Schlage also diesem Tropfe
Mit Karacho auf den Kopfe,

Krieche dann als wie der Blitz
Unter seinen Flugzeugsitz,
Und nun schrei: »Allah akbar!«

Höre, in welch großer Schar
Und mit angstverzerrten Stimmen

Menschen sich auf Vater stürzen!
Den Erwachenden vertrimmen
und um jenen Kopf verkürzen
– Vater hin und Vater her –,
Der dir lieb war; doch nicht sehr …

Merkt's euch gut, ihr Kinderlein,
Und spielt's nach! Ei, das wird fein!

BALLADE VOM FROMMEN SÄNGERKNABEN
Ein Selbstportrait

Wie ein Engel singt er in den jungen
Reinen Jahren, denn sein Geist ist frei.
Nie ein Menschenkind hat so gesungen.
Doch die Stimme bricht auch ihm entzwei.

Und mit ihr zerbricht sein Gottesglauben
Wie ein Glas, das aus den Händen fällt.
Ach, dem armen Sängerknaben rauben
Die Hormone eine ganze Welt.

Plötzlich kann er nicht mehr artig singen
Von dem Schöpfer, der sein Vater ist.
Plötzlich muss er mit der Wollust ringen,
Und bald weiß er, was ein Kater ist.

Gestern noch hob betend er die Hände
Zu dem Lied »O heller Weihnachtsstern!«
Heute greift ein Weib in seine Lende,
Und dann sehen sie gemeinsam fern.

Und dann zappt er durch die Sportprogramme,
Und er betet: um das nächste Tor.
Sie vergöttert Willis und van Damme.
Nur der liebe Gott kommt nicht mehr vor. –

Aber manchmal fällt er aus den Dingen
In die Zeit, da er ein Engel war.
Und im Bad ertönt sein reines Singen:
»Yeah! O sole mio, tralala!« ♫

UNSERE LEICHEN LEBTEN NOCH

Ein Roadmovie mit Pietätsmobil

Bekanntlich macht Altern nicht klüger, sondern älter. Und so war es orthopädisch überaus bescheuert, dass zwei Freunde und ich uns kürzlich entschieden, vorm Ausbrauch des Greisentums oder jedenfalls dunklen Mittelalters zu wiederholen, was wir in unserer Jugend erstmals und damals mit Freude, mit hellster, getan: mit einem Combi tagsüber gen Süden zu fahren und nachts in ihm zu übernachten, im Süden und im Combi, und nicht im Schichtbetrieb, sondern gemeinsam und zur selben Schlafenszeit auf dieser bescheuerten Combi-Ladefläche herumzuliegen und den lokalen Hotels mit ihren himmelweichen Betten ein Schnippchen zu schlagen, indem wir auf sie pfiffen: Wir hatten unsere Combi-Ladefläche.

In der Breite maß sie, immerhin, hundertvierzig Zentimeter, rund eines für jedes Lebensjahr, das während dieser markanten zwei Wochen auf ihr lag und sich anfangs vor Leid und Schmerz gekrümmt hätte, hätte es sich krümmen können. So lagen nachts drei alterstypisch mitteldicke Männer stocksteif auf einer combitypisch felsenharten Ladefläche, starrten in den sommerlichen Autohimmel, wollten sterben und konnten's nicht. Too old to rock'n'roll too young to die.

Und vorher der Scheiß mit dem Auto. Natürlich hatten wir einen gutgebauten jungen Van gesucht, zwei Meter breit mit Kühlelement, Sektausschank und WLAN, am Ende war's ein tatteriger schwarzer Opel Admiral mit schlechter Federung, Mono-Cassettendeck und Pietätvorhängen. Daran war Martin schuld.

Martin ist Musiklehrer und Autoliebhaber, und so viele Pillen und Therapiestunden er auch schluckt, er kriegt das irgendwie nicht los. Seit zwei Jahren ist er, was Autos angeht, nekrophil, und diese bescheuerte Pietätkiste sehen und völlig überteuert kaufen war dann automatisch eins. Natürlich hat er rationalisiert und gemeint, da seien ja immerhin schon Schlafvorhänge drin, aber Klaus und mir kann dieser Langhaarige nichts vormachen. Der steht halt drauf. Und solange er nicht in diese perversen neumodischen Viermalsiebenmeter-Quader mit Nashornkühlerschutz und Traktorreifen umsteigt, soll er mit seinem bescheuerten Sexualtrieb machen, was er will. Man kann es sich halt nicht aussuchen. Außerdem ist er ansonsten seelisch gesund und brav gegen Krieg, Atom und Bayern München und dies ganze Zeug.

Unser Ziel war der Sommer der Toscana, und das bedeutete dank unseres Startpunkts Dresden einen veritablen Anlauf. Daran war Klaus schuld. Klaus ist Bigband-Bassist und Sachse, und er kriegt das irgendwie nicht los. Früher bekamen sie hundert Mark Begrüßungsgeld fürs Mitmachen, heute wollen sie abgeholt werden kurz vor Tschechien und dann aber unbedingt ins kapitalistische Mittelmeer, möglichst einmal jährlich. Sonst spüren sie so eine Art Mauerphantomschmerz, feinnervig wie sie sind. Um zwölf Uhr morgens wollte er zuspringen, um zwei Uhr bat er uns, ihm beim Packen zu helfen, um vier kamen wir los und hielten zum Sonnenuntergang vorm Kloster Andechs.

Daran war ich schuld. Ich war mal Gitarrist und Fleischfresser und krieg das irgendwie nicht los. Und diese gottverdammten Mönche dort bei München machen halt die heiligsten Schweinshaxen des Abendlands, von ihrer Braukunst zu schweigen. Um Mitternacht stopften wir uns ausgesprochen satt und antidurstig in unsere Sargladefläche und klauten uns den Schlaf. Schlafen und Schnarchen ist bei Männern ja physikalisch dasselbe seit den Zeiten, als immer zwei Männer draußen vor der Höhle aufpassten, dass ihnen keine Frauen und Kinder weggefressen wurden von diesen bescheuerten Ur-Bären, und irgendwann hatten sie spitzgekriegt, dass der eine schön wach bleibt, wenn der andere schnarcht. Und was in diesen blöden Genen einmal drin ist, ist halt drin.

Irgendwann war ich's leid, stieg aus dem Schlafsack auf den Fahrersitz, gab dem Leichenwagen Strom und rollte sanft übers Klostergelände. Über mir funkelten die Sterne Gottes, unter mir die Pflastersteine frommerer Jahrhunderte, hinter mir wechselten zwei kretinöse Affen sich mit der Bärenwache ab. Als es dämmerte, hielt der Admiral zwanzig Meter neben einer kleinen abgelegenen Kapelle, und das Wunder geschah: Klaus und Martin waren sogar zum Schnarchen zu müde, eine betörende Stille umfing mich, ich kletterte nach hinten und sank hinab zu meinen Freunden, hinab in einen ohnmachtsschwarzen andreasgrabentiefen Schlaf.

Wir erwachten in einer Hölle aus gleißender Sonne, flirrender Hitze, schrecklichem Mief, furchtbarem Brand und tödlichem Kopfweh, und es ging um Sekunden. Mit hochrotem Kopf fingerte Martin an der Heckladetür, Klaus schrie vor Luftnot, ich schrie nach Wasser, die Tür sprang auf, und ein junges Andechser Brautpaar trat aus einer kleinen abgelegenen Kapelle hinaus zu seinen Gästen und sah, was diese sahen: Drei ältere halbdicke Männer krochen, hechteten und fielen mit halbgeöffneten Schlafsäcken aus einem bescheuerten Leichenwagen der 60er Jahre, landeten auf dem Boden, nebeneinander, übereinander, stöhnend, erschrocken, Oberkörper richteten sich auf und fielen wieder um, dann diese fürchterlichen Schreie:

»Wo sind wir?!«

»Aua, mein Kopf!«

»Mama!«

»Kuckt mal, eine Beerdigung!«

»Hochzeit!«

»Sag ich doch! Steuervorteilsgemeinschaft.«

»Anfänglich sexuell konnotiert.«

»Wasser!«

Die Hochzeitsleute fixierten uns, und ihre Blicke sagten: Hätten wir Gewehre, wir würden euch erschießen. Wir hätten uns bedankt, bei diesem Kopfweh. Auch Kater werden ja blöder im Alter. Aber sie schossen nicht, und wir mussten leben. Zum Glück log Martin sich fahrtüchtig. Klaus und ich legten uns zum Stöhnen hintenrein, schlossen die Augen und empfanden deutlicher als am Vortag das Schwanken der Andechser Altstadt. Nach zehn Minuten hielten wir vor einem Geschäft, Martin kaufte irgendwas und werkelte anschließend vorne und hinten am Opel herum, dann ging es auf die Autobahn. Brummbrumm… öttl öttl… schschschsch…

Einmal erwachte ich, hob den kranken Kopf und sah nach hinten. Und bald war mir, als führe unser armer alter Leichenesel durchgängig auf der linken Spur. Dann war mir, als ob die von uns Überholten sich allesamt ruckartig zurückfallen ließen, und nicht nur sie: Auch die uns überholen wollten, kamen schnell näher, bremsten gleichfalls panisch und wurden genauso schnell kleiner. Es war ein surrealer Traum, und so legte ich meinen Kopf wieder hin und schlief weiter.

Am Abend, mir schien es wie nach Wochen, sagte eine laute Stimme: »Italien, meine Herren. Der Dom von Parma. Bitte erwachen Sie.« Klaus und ich sahen uns an und nickten. Wir waren von den Toten auferstanden.

Die Stimme sprach weiter: »Eine dreischiffige romanische Emporenbasilika mit eindrucksvoller Ausmalung. Die Vierung beherbergt eine großartige Darstellung Correggios der Aufnahme Mariens in den Himmel. Was bedeutet Emporenbasilika? Und wie hieß der Renaissance-Maler Correggio mit Vornamen: Fritz, Beate oder Antonio? Es gibt eine mündliche Note.« Manchmal kam Martin von seinem bescheuerten Lehrerton einfach nicht runter. Wir ließen ihn sitzen, schlüpften hinaus und waren verzaubert.

Die Luft war aus Seide. Eine orangeblaue Dämmerung kolorierte den Dom und die Schattenreliefs der uralten Mauern. Über den rötlichen Dächern der Häuser stand ein afrikanischer Mond. Unter ihm küssten sich Liebende, Katzen schnurrten auf warmen Bordsteinen, an lichten Bäumen schaukelten melonengroß Zitronen. »Italien«, hauchte Klaus und fiel mir in die Arme. »Hol den Rotwein.«

Drei Literbomben reiften im Leichenmobil. An seiner hinteren Stoßstange sah ich ein fast halbmetergroßes Schild, schwarze Schrift auf rotem Leuchtkarton: »ACHTUNG – VERDERBLICHE WARE!!« An der vorderen Stoßstange: das Gleiche. Dieser Martin! Ich gluckste. Daher also die freie Autobahn. Die uralte Angst vor explodierenden Särgen. Ich schlenderte zum Fahrersitz und reichte ihm die Flasche.

»Gute Schilder, du Schuft.«

»Wieso Schuft? Konnte doch nicht ahnen, dass ihr je wieder aufwacht. – Den wievielten haben wir heute?«

»Den 14. August.«

»Dann ist in zwei Stunden der 15.: Mariä Himmelfahrt. Italiener feiern das mit einer Mitternachtsmesse. Wir sollten sie empfangen.«

»pubertär. Der Pubertät zugehörige seelische Phänomene wie innere Unausgeglichenheit u. nonkonformist. Neigungen (›Halbstarke‹, ›Flegeljahre‹, ›2. Trotzalter‹)« (Bertelsmann Universallexikon, Bd. 20, Gütersloh 1989). Und manchmal kommen Midlife und Dauerrestalkohol hinzu. So waren die in den Dom strömenden nächtlichen Messbesucher ein bisschen überrascht von einer bescheuerten Menschen-Plastik, die vor einem offenen Leichenwagen platziert war und Mariens Aufnahme in den Himmel leicht verfremdet darstellte: Ein langhaariger Mann, von Schlafsack umwickelt, war die Mutter Gottes, auf ihrem Arm trug sie ein monströses Jesuskind. Neben beiden stand, sie mit offenen Armen in den Himmel aufnehmend und ebenfalls in Daunen gehüllt, ein dicklicher Petrus oder Gottvater oder so was. Zum Glück hielten es die Italiener für moderne Sakral-Aktionskunst und trauten sich nicht, uns zu verhauen. –

In der nächsten Nacht erreichten wir die weltschönste Stadt Lucca nördlich von Florenz, und weil Hitze, Opel Admiral und Rotwein uns längst vollkommen bescheuert gemacht hatten, wiederholten wir den Blödsinn vor der Kathedrale San Martino. Martin fing sogar an zu singen, natürlich was Italienisches oder was der Saufkopf dafür hielt, »O sole mio«, »Santa Lucia«, »Commandante Che Guevara« logischerweise und schließlich, weil's eh längst wurscht war, »Warum ist es am Rhein so schön«, und es klappte tatsächlich: Innerhalb einer Stunde hatten wir achtzig Euro Schweigegeld zusammen und erstatteten es an den

Tresen der Nacht. Als die ersten Sonnenstrahlen drohten, fiel unser Sargdeckel zu.

Im Schlaf erbarmte sich unser der Weltgeist, und am Morgen waren wir wieder erwachsen. Wir taten alles, wie es die anderen taten, und gewöhnten uns sogar ans Dreierbett. Und irgendwann vergaßen wir, dass wir mit einem Leichenwagen unterwegs waren. Erst am Ziel unserer Reise wurden wir daran erinnert, im Abspann unseres Movies sozusagen, in Palermo, als wir quietschend vor einer geduckten Stadtrand-Pizzeria hielten, die Schwingtürflügel fliegen ließen und aufgeräumt an der Theke Platz nahmen. Die Gäste starrten uns an, als wären wir drei ältere halbdicke Männer mit der Lizenz zum Töten und Abtransportieren – Cosa nostra bizarr. Nach zwanzig Sekunden war der Laden leer, der Wirt auf den Knien und ein Zehnerbündel Hunderter vor uns auf dem Tisch.

Natürlich wollten wir das Missverständnis aufklären, und zum Glück konnte unser Sachse ein bisschen Italienisch. Lächelnd zog Klaus einen Schein aus dem Bündel, steckte ihn in seine Jeans und sagte zum Wirt: »D'accordo. Va bene. Okay.« Der Angesprochene erhob sich, umarmte uns alle drei und brachte uns zur Tür, und wenn ich mich nicht täuschte, weinte er ein bisschen beim Winken. So begann unsere Rückfahrt.

Wir schwiegen lange. Irgendwann hielt Martin es nicht mehr aus. »Warum hast du es genommen?«

»Begrüßungsgeld«, sagte Klaus.

Wir grinsten bis Rom.

WEIHNACHTSFRÜHSTÜCK
oder
EINE OFFENE KONJUGATION ANS JUGENDAMT

Personen: Vater, Mutter, drei Kinder

Ich gähne, du gähnst, er/sie/es sagt:
»Wir spielen?« – »Ihr schlafen.« – Sie brummen.
Ich reck mich, du reckst dich, er/sie/es fragt:
»Wir trommeln?« – »Ihr schweigen.« – Sie stummen.

Ich döse, du döst, er/sie/es guckt:
»Wir kommen?« – »Ihr bleiben.« – Sie kommen.
Ich hole Wein, du holst Wein, er/sie/es schluckt:
»Ihr trinken?!« – »Ihr auch.« – Sie benommen.

Ich liege, du liegst, er/sie/es hört Harfen.
»W-wir schl… schl…« – »Ihr Lieben.« – Sie schlafen.

III
GROSSE ZWEIFEL

ZUM DRITTEN ADVENT

Advent, Advent, ein Lichtlein brennt,
Erst eins, dann zwei, dann drei – und Schluss.
Der Vater leert das vierte Bier,
Die Ente schwimmt an Rotkohlmousse,
Da klingelt's an der Wohnungstür.
Der Sohn kaut an der Ente:
»Hurrra, da konk ker Heinachsann
Un brink uns schie Präschente.«

»Das ist die Oma. Mach schon auf!«
Grau hocken sie ums Futter.
Die Ente rein, Mousse obendrauf,
Und pappsatt schreit die Mutter:
»Gleich nach dem Kaffee gehen wir
Spaziern!« Man hört's gluckglucken.
Der Vater leert das sechste Bier:
»Von wegen! Fernsehgucken!
Der Terminator läuft auf Sat!
Stirb langsam I auf Kabel!
Der Jäger des verlornen Schat...«

Der Sohn verbiegt die Gabel:
»Das ist mit... «, schreit er hochbeglückt,
»... Mit In-diana ... Joh ... nes!«
Die Mutter lächelt wie entzückt
Vom Englisch ihres Sohnes.

So sitzen sie vorm Film herum.
Die Oma hat kein' Schimmer.
Die Oma geht, der Tag geht um,
Stumm geht der Sohn aufs Zimmer.

WEIHNACHTSGESCHENKE IM TEST (4)

DAS GOOGLE GLASS

Wie immer superschnelle Lieferung durch amazon, angenehme Haptik des Päckchens und frustfreie Verpackung mit lustigen Blutspritzern der Lagerarbeiter, dann die Enttäuschung: Statt der heiß erträumten Google-Brille war's ein kalt glänzender Läusekamm für mich Glatzkopf und meine sechs weiblichen und überaus langhaarigen Kommunarden oder besser Liebsten, wenn Sie verstehen, auf welche hygienisch-moralischen Verhältnisse ich hier in aller Deutlichkeit anspielen *könnte*; aber dazu besser später noch so allerlei …

Das Ding kam dann zur Dämmerung und mehr aus Versehen. Ich faulenzte im Hinterhof bei den Restmülltonnen, als eine unbemannte Google-Drohne auf mich zugeflogen kam und brüllte: »Sie sind der ›Bild‹-Chefredakteur Kai Blödmann und müssen unseren neuen Scheiß testen, haha! Viel Spaß!« Dabei hielt sie mir ein buchgroßes Päckchen hin. Zuerst wollte ich zurückbrüllen, dass alles ein grober Irrtum und der Erwähnte erstens viel fetter und bekloppter sei als ich und kein zweitens und Schluss, aber dann sah ich die vier entsicherten Atombomben links und rechts unterm Cockpit und überlegte es mir anders. Außerdem war die Drohne doch nicht unbemannt. Ein koboldhafter Nerd saß drin, vier, fünf Jahre alt vielleicht, fixierte mich schwitzend und kaute sich die Fingerküppchen ab.

So kam ich an die Brille.

Bücher werden auch auf Ü30-Partys gelesen, daher flott ein paar Basic-Must-Knows & Behind-Reasons. Google ist eine verdammte Größe unter den Versandhäusern, und die neueste Erfindung ist der oder die: Google Glass. Damit kannst du Google-Sachen am Computer noch gebannter angucken und lesen, indem alles total unscharf dargestellt wird und du quasi automatisch genauer hinguckst; so dachte ich jedenfalls zuerst. Aber nach vier Stunden zog ich meine retro Offline-Brille wieder auf, sah alles wieder schön scharf – und guckte aber mindestens genauso gebannt auf die neuesten Starposter von Eintracht Braunschweig und wo man die am billigsten kriegt usw.! Nach einer Woche holte ich meine geschliffene Google-Brille beim Optiker ab, mit Gleitsicht und elektronischer Sonnentönung, und es konnte losgehen. Raus aus dem Brillengeschäft, rein in die brodelnde Lava der augmented City of Aschaffenburg!

Als erstes lief ich gegen eine Laterne, weil die Brille rechts oben auch irgendwie augmented ist und du ein völlig neuartiges Gesichtsfeld bekommst, das du ganz einfach mit anderen teilen kannst, indem du »aua« schreist. Danach hatte ich voll die Hallus. Erst sah ich eine durchsichtige Quatschtafel zu »aua«, Schreibweise, Trennung, Synonyme, Zitate mit aua, dreitausend Angebote für »**aua**-Schnäppchen« und »**aua** bis zu 95 % reduziert«, aua auf Englisch und Balisch, danach kamen super Schmerzbilder von Opfern mit offenen Zahnwurzeln, abplatzenden Raucherfüßen und Bauchspeichelkoliken und so was. Dabei war mir der Laternencrash gar nicht so heavy vorgekommen.

Meine dritte Hallu war dann ein Werbevideo für Heftpflaster, obwohl die bei Beulen gar nicht helfen. Um die Schwellung tröstend betasten zu können, nahm ich die Brille ab – das Video verschwand! Brille wieder auf – Video wieder da! Wieder ab: wieder weg. Wieder drauf: wieder da. Da wusste ich: Ich lag in meinem Bett und träumte Mist. Um aufzuwachen, stampfte ich mir mit aller Kraft auf den Fuß, was echt sauweh tat, aber der

Traum – war stärker! Stärker war dann auch ein Passant, dem ich, um nun aber wirklich aufzuwachen, mit Karacho ein paar runterhaute, denn im Traum kann man ja alles machen. Leider können die Geträumten auch alles machen, und so schrie ich kurz darauf noch vielviel lauter »aua«, und der Alb ging potenziert von vorne los.

*

Jaja. Okay. Hätte ich auch früher drauf kommen können. Aber wer liest schon Gebrauchsanweisungen. Die Hallus kamen also von der Brille, die im subbosonalen Internetschaum andockt und deine geheimsten Websites und Gedanken in dein peripheres Sichtfeld reinholographiert, bevor du Null sie posten kannst. Deswegen fährt sie auch echt *superschnell* hoch. Wenn du sie aufsetzt, kannst du noch bis 1,7 zählen, dann musst du blitzschnell deinen Standort aufsagen, und schon heißt es: gleichzeitig anrufen, fotografieren, Konzertkarten bestellen, angerufen werden, Facebook, Konzertkarten zurückschicken, Musik hören, Filme gucken, Teilen, YouTube, Herrschen, Dateien verschieben, Autos verschieben, Autos verscherbeln, Kalender vollmachen, schwule Kinder adoptieren, mailen, unterschreiben bei Campact und Spielcasino, Wege erfragen, ablatschen und bewerten und zwischendurch natürlich skypen, chatten, daten, ficken und dies ganze Zeug.

Nicht weniger erfreulich: Brillentücher brauchst du keins. Die Gläser werden online geputzt, auch Rahmenbrüche reparieren sich selbst und so schnell, dass du gar nicht weißt, ob die Ware nun tatsächlich hingefallen ist. Die als Zweitkamera getarnte Fun-Wasserpistole ist leider nur optional – angesichts des »hohen« Preises mehr als unverständlich.

Soweit zur Theorie. Doch auch in der Praxis ist die Google

Glass teilweise moderner als analoge Brillen und Kontaktlinsen. Hier die schlagendsten PROs im Überblick:

- Mach ein Nahfoto von einem frischen Schneemann und schick es deinem besten Feind direkt in die Brille. Er wird schneller schneeblind, als er den Absender entziffern kann.
- Du kannst die Brille nicht verlegen, weil sie immer weiß, wo sie ist und es dir sagt, sobald du sie findest.
- Tolles Gadget für Mädchen: Lidschatten und Wimperntusche könnt ihr auf die Brille laden, das erspart Geld, Zeit und Abschminken.
- Die Sprachsteuerung funktioniert und ist lernfähig. Wenn dich Google nach links schickt und du rechts abbiegst, kostet es die ersten zehn Mal nur fünf Dollar, ab dem elften Mal nur noch drei. Geheimtipp: Rechts abbiegen, aber rückwärts gehen, dann sehen weder du noch die Kamera, wohin ihr lauft.
- Mit Google Glass kannst du stundenlang unter Wasser bleiben, ohne Atem zu holen. Die Bergung übernimmt Mutti.
- Tolles Gadget für Schizos: mit sich selber videotelefonieren, grundverschiedener Meinung sein und sich in aller Öffentlichkeit anschnauzen.

Sechs gute Gründe also für den Google Glass, aber das Schönste: Es gibt noch mehr. Die fallen dir aber erst auf, wenn du die Ware mal ein paar Stunden trägst …

*

Nicht dass wir immer noch die Sexmaniacs von früher wären, meine Liebste und ich, aber so durchschnittlich zweimal, ab und zu auch drei- oder zwölfmal brauchen wir's halt schon täglich, und darum konnten wir auch an diesem Morgen kaum erwarten, dass die Kinder und Enkel aus dem Haus und in die Schule hüpfen, die größte ist ja mittlerweile siebzehn, der kleinste sechs, wenn Sie verstehen, auf welche hygienisch-moralischen Verhältnisse ich hier erneut in aller Deutlichkeit anspielen *könnte*, aber zurück zur Brille:

Wir beide hatten also außer ihr nichts an und tobten uns wie üblich durch die Etagen. Meine Liebste hatte sich den frühen John Travolta auf den Schirm geholt, ich den späten Gerd Niebel, wir führen eine offene Beziehung, da sind Freiräume kein Fremdwort. Und so war alles schön und wurde immer schöner, als meiner Liebsten plötzlich einfiel und sie's auch lauthals in mein Schmalzohr rein verkündete: dass sie wg. Geburtstag heute noch »mit Mutter skypen!« müsse. Natürlich flüsterte ich sofort »Vorsicht! Sprachsteuerung!«, doch zu spät: Mein Niebel wurde kleiner, verdrückte sich in die rechte obere Ecke, und wer mich in der nächsten Sekunde anstarrte wie ein stocksaurer Tyrannosaurus Rex mit Sodbrennen, muss ich wohl kaum betonen!

»Was macht ihr denn da für eine Schweinerei?«, brüllte Mutter (97), und auch sie hatte diese verdammte Brille auf.

»Gespräch stop!«, rief ich.

»Gespräch überhaupt nicht stop!«, keifte sie blitzschnell und derart laut, dass meine blöde Brille dachte, sie gehöre ihr.

»Ich seh euch alle vier, ihr Kommunistenlutscher! Na warte. Komm du mir zu Weihnachten nach Hause. – Gespräch stop.«

Weg war sie; und die Luft raus. Wir frühstückten, und als ich unsere gute fette Stückchenleberwurst im Kühlschrankdurcheinander irgendwie nicht finden konnte, stellte ich die Brille auf Zoom – da war sie ja! »Haltbar bis 7/1993« las ich in riesiger Schrift, und während ich meiner Liebsten die Brote schmierte, erklärte ich ihr den Januskopf der arabischen Revolution. Wortlos pflichtete sie mir in allem bei, zuzeiten nickte sie sogar, dann sah sie mich voll zärtlich an und sagte: »John Travolta Pause. Wer ist der Quatschkopf mir gegenüber? – Wie bitte?! – Okay. – Ich liebe dich.«

Ich lächelte stolz, und weil ich wissen wollte, wie ich dabei ausseh, sagte ich: »Kamera. Selbstporträt.« Blitzschnell drehte die Brille meinen Kopf nach hinten und wieder vor, und ich kriegte dreifache Kopfschmerzen, weil erstens auch das Blitzlicht an gewesen war und ich zweitens den Kalender schon bis 1. 1. 2050 gefüttert hatte und der Tag noch eingestellt war, jedenfalls sah ich weniger stolz aus als total gebrechlich, und unsere mondäne Altbauküche war ein billiges Altersheim voller ungarischer Fascho-Pflegerinnen.

Leider musste meine Liebste das Foto irgendwie mit ansehen und wollte wegen Anti-Aging sofort zum Joggen in die Muckibude. Der in der Brille eingebaute Tempomat zeigte dann bei ihr 10 km/h, bei mir gute 2, doch anscheinend weiß die Brille nicht, wie Laufband geht. Dauernd schlug sie irgendwelche Wege vor, aber wir kamen halt echt nicht vorwärts, und irgendwann war sie dann beleidigt und mailte uns »Arschlecken«. Trotzdem cool: Wenn du die Brille beim Duschen auflässt, siehst du dank der Kamera alle Tropfen doppelt und drehst das Wasser um die Hälfte runter, das ist gut für die Umwelt *und* für die Kamera.

Danach kam Einkaufen fürs Mittagessen. Meine Frau sagte »Vollwertkost, sechs Personen, fünf Euro«, die Brille empfahl vier Erasco-Grüne-Bohnen-Eintopf von Aldi, was sich gut traf, weil laut Brille unser immer gutgelaunter Nachbar Bernd gleichfalls da war, und es stimmte. Meine Frau und ich sagten »Hallo, du hier«, er sagte auch »Hallo, ihr hier« und grinste uns aber derart komisch an, dass mich ein Verdacht beschlich, ich mir seine Brille aufsetzte, und wahrhaftig: Bernd hatte auf Partyröntgenblick gestellt und es blitzschnell gepostet, was ich meiner Frau natürlich unmöglich verraten konnte, weil sie's eh grad schon sah.

So hätte es ein schöner Tag werden können. Aber auf dem Weg zum Auto spielten wir unser Lieblingsvorspiel, was so geht:

Wir gehen in einen Chatroom und lernen uns völlig neu kennen, also wirklich ganz von vorn mit Name, Geschlecht, Aussehen, Alter, Beruf, Hobbys, Schulden, Psychoschäden usw.; doch als wir gerade stark neu verliebt und abgelenkt waren, wurden wir von einem warenanliefernden Zweihunderttonner plattgewalzt, zum Glück beide nur vom Hals abwärts. So blieben unsere Brillen ganz, und unser Leben lief dank Facebook-Chronik noch mal wie ein Film vorüber, aber nicht vor unseren langweiligen inneren, sondern so richtig anschaulich vor unseren äußeren Augen! Sodass ich hier abschließend eine **ganz klare Schenkempfehlung** aussprechen kann oder jedenfalls gekonnt hätte.

WER NICHT FRAGT, BLEIBT DUMM:

ALS DER HEILAND FRAGEN LERNTE

Maria?
Ja, mein Kind?

Wenn von frühlingsgrünen Zweigen
Zitternd sich zur Sonne neigen
Zarte junge Frühlingsrosen;

Wenn statt grauer Winterlüfte
Frühlingsbunte Frühlingsdüfte
Streichelnd unsre Sinne kosen –

Steckt anstelle Herbst und Winter
Da vielleicht der Frühling hinter?

Kannst du die Frage noch mal wiederholen?

Josef?
Ja, mein Kind?

Wenn i c h anfange zu schreien,
Holt die Gottesmutter zweien
Brüste raus und reicht sie mir;

Wenn d u mit dem Schrei'n beginnst,
Reicht dieselbe dir geschwindst
Gleichfalls zwei, doch Flaschen Bier,

Und schon bist du still wie ich.
Ach, die Mütter – herrlich, nich'?

Und du willst mein Erlöser sein?

Josef?
Ja, mein Kind?

Wenn du rund ums Fest der Liebe
Mama einmal keine Hiebe
Auf den Kopf gäbst: Könnt' das schaden?

Wenn ihr zwei euch mal vertrüget,
Statt dass ihr euch schwer belüget
Und verhaut nach Strich und Faden

Und verwemst und… – sag geschwind:
Wär es möglich, Gotteskind?

Kannst gerne auch 'n paar haben!

Maria?
Ja, mein Kind?

Wenn der Chef zur Arbeit läutet
Und er Magd wie Knecht ausbeutet,
Just indem er Mehrwert presst;

Wenn das Volk dann revoltieret
Und all die, die es pressieret,
An den Bäumen hängen lässt:

Ist's nicht unsre hehre Pflicht
Mitzuknüpfen? Ist es nicht?

Mach du erst mal deine Grundschule zu Ende!

Josef?
Ja, mein Kind?

Wenn ich auch die Blinden sehend,
Tauben hörend, Lahmen gehend
Mache und aus Wasser Wein;

Wenn mir Mama auch erzählte,
Ich sei halt der Auserwählte,
Will ich doch ein andrer sein:

Lässt du mich auf Gottes Erden
Bitte Bauamtsleiter werden?

Jetzt hör' mir mal ganz genau zu …

Josef?
Ja, mein Kind?

Wenn im Glauben, dass ich penne,
Ihr euch nachts wie Hahn und Henne
Lauthals durch die Federn vogelt;

Wenn ihr dann … wie soll ich sagen …
Euch am Morgen wie erschlagen
Schluffelnd durch die Bude mogelt,

Saft- und kraftlos, zwei Gerippe –
Ist sie das? Die Vogelgrippe?

Aber die gibt's doch noch gar nicht!

Maria?
Ja, mein Kind?

Wenn Gottsohn und -vater wüssten,
Dass ihr vor dem Fest der Christen
Sturblöd durch die Citys taumelt;

Wenn die beiden euch erspähten,
Während ihr gleich aufgedrehten
Äffchen an Präsenten baumelt,

Die kein Schwein braucht weit und breit:
Winkte euch die Ewigkeit?

Wasis?

Josef?
Ja, mein Kind?

Wenn die schlafend fortgewehte
Mutter leis wie im Gebete
Sagt, was sie im Traume spricht:

»Ich bin Mutter: Alma Mater.
Aber er ist nicht sein Vater
Und ein Gott schon wahrlich nicht.«

Ach, wie gern ich dieser Worte
Sinn verstünde! – Gibt's noch Torte?

Im Kühlschrank; wie war die Stelle mit dem Gott?

Josef?
Ja, mein Kind?

Wenn vor grade mal zwei Jahren
Ich zum Himmel aufgefahren,
Hoch zu unsrem Herrn Gottvater;

Wenn die Väter in den Schenken
Meiner Fahrt so tief gedenken,
Dass am nächsten Tag ihr Kater

Hoch zu Gottes Himmel schreit:
Papa, geht so Christenheit?!

Nicht so laut… aua…

Maria?
Ja, mein Kind?

Wenn in schwarzen Augenblicken
Pech sich mit zwei Ungeschicken
Zur Tragödie verplombt;

Wenn ein Junge in der Blüte
Erster Jugend ohne Tüte
Auf dem Nachbarsmädchen kommt –

Stimmt's, dass sich auch so die Welt
Eurer Gattung Mensch erhält?

Auf wem, sagst du?

Josef?
Ja, mein Kind?

Wenn die Menschheit dann verreckt ist
Und von Winden zugedeckt ist
Und in Sand und Zeit versinkt;

Wenn dann w i r k l i c h kluge Wesen
Euch aus den Gesteinen lesen
Und es ihnen gar gelingt,

Dein Genom zu isolieren –
Also i c h tät' mich genieren!

Häh?

»LIEBES CHRISTKIND!«

Gibt es das Christkind denn nun, ja oder nein? Vor rund einem Jahr wollte ich's plötzlich genau wissen und bat allerlei liebe Kinder, Postkarten und Briefchen »an das Christkind« oder »den Weihnachtsmann« zu schicken. Sie taten es in gutem Glauben und mit glänzenden Augen, denn von meiner komplizierten und äußerst hinterhältigen Versuchsanordnung wussten sie nichts. Die aber lautete: Werden die Briefe beantwortet, dann gibt es das Christkind wirklich. Und wenn nicht, dann nicht.

Das Ergebnis war und ist, in einem Wort, schrecklich. Denn zwar gibt es das Christkind wirklich, aber entweder hat es einen extrem seltsamen Humor – oder es ist eine extrem stinkfaule Nuss.

Ende November 2013: Weihnachtszeit, schöne Zeit. Wieder zieren leuchtende Tannenbäume die Straßen und Balkone, in den Auslagen der Geschäfte duftet es nach DS und faulen Apfelsinen, die Kinder gucken erwartungsvoll gen Himmel und warten auf den ersten Schnee und natürlich aufs Christkind mit seinen süßen Bonbons und Touchhandys. Noch rund dreißig Mal schlafen, dann ist es soweit! Aber wie soll man diese endlos lange Zeit bloß noch herumkriegen?

Ja, so fragen die Kinder seit den Anfängen des Christentums: »Ach du meine liebste Mutter, wie soll ich diese endlos lange Zeit bloß noch herumkriegen?« Und jahrtausendelang wusste Mutter keine Antwort. Vor rund fünfundvierzig Jahren aber zog eine niedersächsische Alte ihr zappeliges Kind an den Haaren und sprach:

»Ich weiß, Liebstes, du willst mit mir spielen. Und ich weiß, eigentlich hätte ich Zeit, denn an Geld mangelt es uns nicht. Doch will ich unbedingt noch mehr arbeiten, denn ich bin genau das geldgierige und herzlose Scheusal, das du nicht verdient hast. Also tu irgendwas! Guck Fernsehen! Oder schreib' an den Weihnachtsmann, haha! Dann bist du abgelenkt, und ich hab meine Ruhe.«

Und siehe, das arme Kind setzte sich hin, schrieb einen langen Brief pickepackevoll mit Glückssehnsucht und Herzblut, steckte ihn in einen bunten Umschlag und adressierte ihn »An den Weihnachtsmann im Himmel«, denn Kinder sind eben vielviel süßer *und* blöder wie Erwachsene.

Am nächsten Tag warf Mama den Brief kopfschüttelnd ein und überlegte schon knurrend, welche teuren Lieblingsbonbons sie dem Kind wohl schenken müsse zum Trost dafür, dass das Christkind genauso wenig Zeit und Lust haben würde wie sie. Da aber kriegte irgendein kinderlieber Postbeamter den Brief in die Hände und leitete ihn um nach 31137 Himmelsthür im Kreise Hildesheim …

So also begann es. Und von da aus, so die offizielle Version der Pressestelle der Oberpostdirektion Hannover (Herr Koens), geht es seitdem schnurstracks in den Himmel und kurz vor Weihnachten wieder retour. Na, ob das wohl stimmt?

Vieles spricht dafür. Denn je höher man hinaufrecherchiert, desto lieber werden die Onkel vom Amt, und so kennt der Onkel Schäfer von der Postgeneraldirektion bereits sieben Postämter, die Briefe an das Christkind »bearbeiten«, wie er sagt, also sammeln und ans Jenseits durchgeben. Sie alle tragen putzig himmlische Namen und heißen außer 31137 Himmelsthür noch 66351 St. Nikolaus, 21709 Himmelspforten, 97260 Himmelstadt, 49681 Nikolausdorf, 51777 Engelskirchen und 16798 Himmelpfort. Viele ehrenamtliche Helferinnen und Helfer, sagt er, haben vor dem Fest dann alle Hände voll zu tun, denn über fünfzigtausend Kinder aus ganz Deutschland überreichen dem Christkind auf diesem Wege jedes Jahr ihre Wunschzettel oder verraten einfach nur ihre Sorgen, Nöte und Lieblingstierspiele wie Fliegenschütteln und Weberknechtbeinerausreißen und so was.

Dies alles wusste ich. Was ich nicht wusste: dass das Christkind die meisten Briefe auch wirklich beantwortet! Und dass es, mit Verlaub, ein arg sauschlampertes Balg ist.

Denn als die Kinder, wie befohlen, eine Kopie ihrer Wunschzettel und die Antworten des Christkinds bei mir ablieferten, schossen mir die Tränen wie Raketen durch die Augen auf die Zettel! »Wie kann man kleinen Menschen nur so etwas antun?«, dachte ich, und mit jedem Wort wurde mein Entsetzen größer, ja entsetzter!

Eines seiner Opfer ist die kleine Anneliese aus Fulda. Sie hatte all ihren Mut zusammengenommen und sich zu Weihnachten zwecks Amoklaufs ein handelsübliches Gewehr gewünscht:

»Liebes Christkind! Vor kurzem bin ich von der Rutsche gefallen. Jetzt hab ich zwei Gipsbeine und muss einen Monat im Rollstuhl sitzen und werde ab und zu ein bisschen gehänselt von den anderen Kindern. Außerdem ist meine Brille gestern kaputtgegangen, und heute hat unser Scheißköter meine Puppe gefressen, die war aber eh total hässlich. Aber ich hatte nur die eine, sie hieß Eule, und ich hasste sie. Ich würde also gern ein paar Leute erschießen, kannst Du mir ein automatisches Gewehr schicken? Natürlich nicht ins Haus, meine Ollen würden mir was pusten. Bitte im Garten ablegen unter dem blöden Kirschbaum. Danke.«

Ein Kind, ein Wunsch. Aber das Christkind aus 97267 Himmelstadt antwortete: »Über das himmlische Postamt habe ich Deinen lieben Brief mit den Weihnachtswünschen erhalten. Sollten Deine tollen Wünsche nicht alle in Erfüllung gehen, so sei nicht traurig! Denke auch an die vielen Kinder, denen es nicht so gut geht wie Dir. Das Christkind.«

Man glaubt es nicht. Aber herzzerreißend war auch die Klage des kleinen Thomas aus Frankfurt:

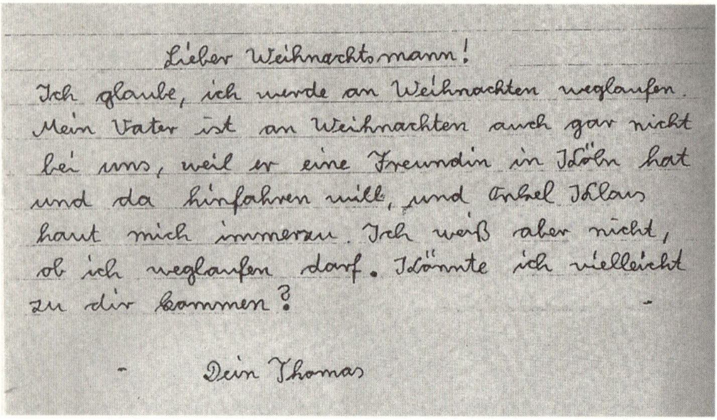
Lieber Weihnachtsmann!
Ich glaube, ich werde an Weihnachten weglaufen. Mein Vater ist an Weihnachten auch gar nicht bei uns, weil er eine Freundin in Köln hat und da hinfahren will, und Onkel Klaus haut mich immerzu. Ich weiß aber nicht, ob ich weglaufen darf. Könnte ich vielleicht zu dir kommen?

Dein Thomas

Welch eine traurige Frage eines traurigen Kindes, das es zu Hause alles andere als schön hat! Aber was macht das Christkind? Das Christkind schreibt aus 21709 Himmelpforten Wort für Wort so zurück:

»Mein liebes Kind! Endlich ist es soweit, es beginnt die schöne Weihnachtszeit. Hier im Winterland sind schon alle in Weihnachtsstimmung. Ist es bei euch zu Hause auch so schön?«

Ist das aber noch Kundendienst? Oder muss man von der Servicewüste Christkind sprechen?! Die gar nicht mehr so kleine Bettina aus Hamburg sagt heute: Ja. Sie hatte dem Christkind in aller Offenheit geschrieben: »Hallo Weihnachtsmann, ich bin vierzehn Jahre alt und wünsche mir von dir bloß, was alle meine Freundinnen schon haben: die Periode. PS: Mein Freund Theo würde sich auch freuen, denn er will auch ein Kind! ☺«

Diesen Hilferuf verhöhnte das Christkind in einer Wortwahl, die, um es sanft zu formulieren, an Sexismus nichts zu »wünschen« übrig lässt: »... bis es soweit ist und das Glöckchen bei

Dir klingelt, musst Du noch etwas warten. Wir wünschen Dir ein fröhliches Weihnachtsfest.« Buh und noch mal buh!

Verstört bis dorthinaus ist auch die neunjährige Helena aus Lohr. Sie hatte, wie es Kindern schlechter Eltern halt mal rausrutscht, den »Negern« helfen wollen und geschrieben: »Liebes Christkind! Dieses Jahr wünsche ich mir eigentlich nichts von Dir, aber eins doch. Ich bin nämlich sehr traurig, weil ich im Fernsehen gesehen habe, dass die Ausländer immer geschlagen werden oder denen wehgetan wird. Ich weiß gar nicht, ob Du das kannst, aber kannst Du nicht machen, dass die Ausländer so aussehen wie wir? Die Deutschen meine ich. Die Neger sind doch immer so schwarz. Wenn die jetzt weiß wären, würde sie kein böser Mann mehr erkennen und hauen.«

Sehr hübsch. Aber was machte der Weihnachtsmann? Der Weihnachtsmann »von der Himmelsthür« schickte nichts als eine »neue Geschichte. Die Geschichte berichtet von großen Vögeln, die Geier heißen. Nun ja – sie sehen auf den ersten Blick sicher etwas wild aus, aber uns Menschen tun sie nichts. Sie sind im Gegenteil froh, wenn wir sie nicht jagen. Geier leben in Afrika und anderen warmen Ländern der Erde.« Das stimmt. Aber einige, um im Bild zu bleiben, Wilde leben eben auch in Deutschland, verehrtes Christkind! Helena jedenfalls tritt jetzt, sobald sie einen »Neger« sieht, immer ganz fest mit dem Fuß auf, wie bei Tauben. Damit der zurückfliegt nach Afrika! Ich finde: eine schöne Bescherung.

Die besonders Dummen waren aber wieder einmal die Menschen in den fünf ostdeutschen Ländern. Der siebenjährige Michael aus Greiz hatte sich einen Spielkameraden gewünscht: »Papa und Mama sind den ganzen Tag arbeiten, und ich muss immer alleine spielen. Es wäre viel schöner, wenn ich einen kleinen Bruder hätte. Kriege ich von Dir einen?« Kindermund, Gold jeder Morgenstund', wie das Sprichwort sagt!

Aber das Christkind aus 16798 Himmelpfort sagte: »Lieber Michael, der Weihnachtsmann und ich, wir werden uns ganz doll anstrengen, damit Deine Wünsche in Erfüllung gehen. Und wenn Du am Heiligen Abend Deine Geschenke auspackst, denkst Du dann auch ein bisschen an uns?«

Das tat der arme Michael in der Tat. Denn welchen Karton er auch durchwühlte: von kleinen Brüdern keine Spur. Entsprechend groß dann die Tränen.

Fehlanzeige auch in Potsdam. Der elfjährige Johannes wollte endlich auch mal »ein Feuerwehrauto, Knetgummi, DS 3-D, E-Bookreader, Netbook, Nintendo, iPad, iPhone 5, alle Harry-Potter-Filme und -Spiele, vier Hasen, alle Pumuckl-Figuren, Kettcar, Partyröntgenbrille, Lego-Weltraumcenter, Wassermaschinenpistole, 100 Snickers, einen Cowboygürtel mit Pistole und Patronengurt, Playmobil Feuerwehr, Retro-A-Team-Sammelbildchen, einen Wellensittich, Plasmafernseher, drei Mountainbikes. Alles zu mir nach Hause. Ich freu mich schon.«

Ja, er freute sich schon. Am Heiligabend war die Freude hin: Das Christkind, knickrig wie sonstwas, schickte ihm den gleichen Brief wie Mit-Ostler Michael; und einen blöden Plastikschulranzen.

Die eigentliche Unverschämtheit aber fiel zuerst den Kindern auf: »Du hast ja die gleiche Antwort gekriegt wie ich! Auch die hellgrüne!«

»Ich hab aber eine mit blauem Rand!«

»Ich auch!«

»Zeig ma'!«

»Jau; Schweinerei!«

»Ich glaub', das sind so Matrizen wie in der Schule!«

»Meine ist dunkelgrün!«

»Meine auch!«

»Und meine auch!«

»Das liebe Christkind verschickt Vordrucke!«

»Na super.«

Vergleiche ergaben: Sage und schreibe sechs unterschiedliche Weihnachtsbriefe, fünf für den Westen, eine für den Osten, hat sich das Christkind in letztem Jahr herausgewürgt! Springt man so mit Kinderseelen um?

»Lieber Weihnachtsmann, bist Du eigentlich verheiratet?« (Carla, 8, aus Oberursel); »Christkind, ich weiß nicht mehr, ob es Dich wirklich gibt. Meine Freundin Lilli hat gesagt, das mit den Geschenken machen alles die Eltern. Stimmt das??« (Fritz, 7, aus Lübeck); »Ich wünsche mir zu Weihnachten eine echte Eisenbahn. Eine Spielzeugeisenbahn hab ich schon« (Christian, 9, Essen); »Mein Freund Mehmed ist aus Arabien, aber meine Eltern sagen, ich darf nicht mit ihm Weihnachten feiern, weil er Mohammedaner ist. Kann der liebe Gott da nicht mal eine Ausnahme machen?« (Anke aus Kaufungen): Viele Tausend Kinder schrieben sich die Finger wund, und das Christkind verhöhnt sie mit Retortensermon. Pfui!

Der Verlierer dieser Praxis ist selbstredend das noch junge Gottvertrauen; der Gewinner aber die Post. Obwohl sie von Christkinds Schlampigkeit doch längst erfahren haben müsste – immerhin tütet sie den Murx ein –, lässt sie die Kinder munter weiterschreiben, fordert gar in jeder Vorweihnachtszeit ausdrücklich dazu auf. Der Grund ist klar: Fünfzigtausend Briefe an den Weihnachtsmann sind fast dreißigtausend Euro in Briefmarken; die Frankierung von Christkinds Antworten übernimmt zwar die Post, aber weil es außer ihren eigenen überhaupt keine Briefmarken gibt, muss sie wohl oder übel die eigenen benutzen, und die sind für die Post – kostenlos!

Ein genialer Coup. Denn so wandert, da die jährlich rund vierzig Helfer in die Ehrenamtlichkeit gepresst sind, alles Geld

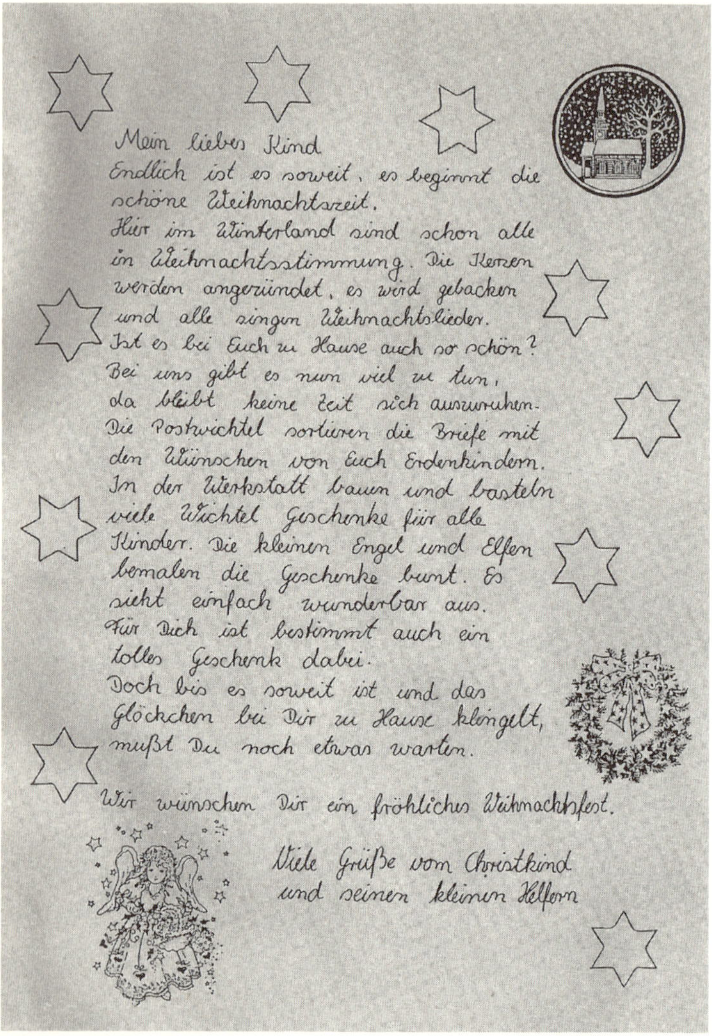

Mein liebes Kind
Endlich ist es soweit, es beginnt die schöne Weihnachtszeit.
Hier im Winterland sind schon alle in Weihnachtsstimmung. Die Kerzen werden angezündet, es wird gebacken und alle singen Weihnachtslieder.
Ist es bei Euch zu Hause auch so schön?
Bei uns gibt es nun viel zu tun, da bleibt keine Zeit sich auszuruhen.
Die Postwichtel sortieren die Briefe mit den Wünschen von Euch Erdenkindern.
In der Werkstatt bauen und basteln viele Wichtel Geschenke für alle Kinder. Die kleinen Engel und Elfen bemalen die Geschenke bunt. Es sieht einfach wunderbar aus.
Für Dich ist bestimmt auch ein tolles Geschenk dabei.
Doch bis es soweit ist und das Glöckchen bei Dir zu Hause klingelt, mußt Du noch etwas warten.

Wir wünschen Dir ein fröhliches Weihnachtsfest.

Viele Grüße vom Christkind
und seinen kleinen Helfern

ungeschmälert ins Konzernsäckl! Um die Sauerei gleichwohl komplett zu machen, verlangt das Weihnachtspostamt Himmelstadt neuerdings auch noch die Beilegung von Rückporto –

obwohl doch jedes Christkind sich Briefmarken herzaubern kann!

Und Bargeld auch; und also eigentlich genug haben müsste! Aber nein, es verarscht die Kinder nicht nur, es nimmt sie auch aus. Es schröpft sie. Und so steht das kleine Buchstabe r für den großen Unterschied zwischen Gottvater und Gottsohn: Der eine ist ein Schöpfer, und ein Schröpfer der andere.

Schlimm.

Dank an Hans Zippert, Michael Rudolf und viele andere, ohne deren wissenschaftliche Mithilfe dieses Experiment undurchführbar gewesen wäre.

WIE DAS CHRISTENTUM EINMAL UMS HAAR GESCHEITERT WÄRE

Personen: Maria (ca. 35 Jahre), Josef (ca. 40), Jesus (ca. 14)

JESUS: Mutter, 'n paar Kumpel sagen,
Dass ich voll »der Heiland« bin.
Soll ich sie zusammenschlagen?

JOSEF: Sohn, du hältst die Wange hin!

MARIA: Siehe, auch durchs Wort ins Blaue
Bricht Wahrhaftiges sich Bahn.
Denn es stimmt: DU BIST …

JESUS: Ich haue
Sie zu Brei! Wie – Dschingis Khan!

MARIA: Wer? Äh, nein! Es steht geschrieben …

JESUS: Alte, Bücher sind voll out!

JOSEF: Kind! Du wirst die Menschheit lieben!

JESUS: Diese Spackos?!

MARIA: Nicht so laut!
Gott hat dich der Welt gegeben,
Sie vom Tod zu …

JESUS: Allerliebst.
Ey, Maria, chill dein Leben!
Keimig, welchen Film du schiebst.
Gott ist old scool.

JOSEF: Hä?

JESUS: So isses.

MARIA: Kind, was trinkst du da?

JESUS: Zwei Bier.

MARIA: DU als Gottes … ?! Ach, vergiss es. –
Josef, ist wohl doch von dir …

JOSEF: Ist er nicht! Denn ohne Flecken
Gibt's die irdische Empfäng …

JESUS: Abgespaced. Doch ich will snacken,
Komasaufen, mit der Gang
Aufgepimpt die Asos keulen …

MARIA: Josef! Ich versteh den nicht!

JOSEF: Blöde Kuh, hör auf zu heulen!

MARIA: Selber blöd, du Pupsgesicht!

JOSEF: Pupsgesicht?! Du bist voll schizo,
Echt, ich krieg total den Hass!

MARIA: Leck mich doch am …

JESUS: Schweigt! Denn itzo
Sag ich: Haha, war nur Spaß!
Ich bin der Messias, woll!

MARIA: *(erleichtert)*: Mach so was nie wieder!

JOSEF: Lol!

(Alle drei umarmen sich. ENDE)

WUNDER IM REVIER!

Von wegen »Heilige Drei Könige« und »Stall von Bethlehem«: Vier waren es – in einem Kohleflöz in Dortmund

IV
GROSSE WORTE

ZUM VIERTEN ADVENT

Advent, Advent, ein Vater zischt
Erst eins, dann zwei, dann drei, dann vier,
Dann sieben Bier und ruft erfrischt:
»Hinaus! Zum Glühweintrinkturnier!«

O Weihnachtsmarkt, o holder Schein!
O Freude! O das Lachen.
O viele kleine Kinderlein.
O Echtholzbastelsachen.

O Kerzen, ei. O Sinnenglück.
O lieblich schöne Kerzen.
O lang und kurz und dünn und dick,
O Freude in den Herzen.
O Wachs und Duft, o Dings, o Zimt,
O alles, o wie heiter.

O Stimmung, die gefangen nimmt,
O Glühwein, du Begleiter.
Mit Rum und Amaretto aah,
O heiligfrohes Schlotzen.
Die Oma singet: »Alle Jah...«,
Der Sohn geht glühweinkotzen.

Zu Hause läuft der Glühwein rein
In Sohn und Oma, Frau und Mann.
Sie kucken o den Kerzenschein,
Dann gehet o die Sportschau an.

Die Mutter denkt: Ich will hier raus,
Der Vater schreit, still ruht das Haus,
Die Oma wirkt benommen.

Der Sohn denkt froh: Bald zieh ich aus,
Die Katze wärmt die kranke Maus –
Nun mag das Christkind kommen.

JUDÄA IN UNTERZAHL
Neuentdeckte weihnachtliche Bibelurschriften

Am Anfang aller Tage aber erkannte Abraham eine Magd mit Namen Mimi. Sie gebar ihm Jokschan, Medan, Midian, Jischbak und Schuach. Als Abraham das sah, sprach er zu seinem Weib: »Ich bin alt, unser Land ist steinig und die Arbeit schwer. Selig der Schoß, den Gott wahrhaft öffnet.« Nach diesen Worten begab sich Mimi zum Brunnen und gebar Ismael, Nebajot, Kedar, Adbeel und Mibsam, ferner Mischma, Duma und Massa; gegen Abend gebar sie Rebekka, Betuel, Laban, Sara, Pischol und Abimelech. Als Abraham das sah, sprach er zu seinem Weib: »Siehe, wieviel kommen denn da noch? Gehe hin und lass gut sein.« Aber noch in derselben Nacht gebar sie Uz, Bechel, Aram, Kesed, Bus und Jürgen.

*

Zu jener Zeit, als Mose das erwählte Volk der Israeliten ins Land Kanaan führte und sie seit Tagen weder a) Wasser zu trinken noch b) Brot zu essen hatten, gelangten sie eines Morgens in die Wüste von Suph. Da aber sah Mose eine Flasche im Sand liegen. Er hob sie auf, öffnete sie, und heraus stieg eine nur teilweise gute Fee, denn sie sprach: »Wasser, Brot und tralalei, / Mose hat zwei Wünsche frei. / Wasser, Brot und tralaleg, / in neun Sekunden muss ich weg. Die Uhr läuft aaab … jetzt!«

»Ach Gott, tja, ehm, zwei Wünsche zwei Wünsche … hm, o weh … wir sind so hungrig, weißt du … so durstig … verdammt, mir fällt nix ei …«

»Stop, die Zeit ist abgelaufen. Auf Wiedersehen!«

Weg war die Fee.

»Guter Mann, das!«, hieß es augenblicklich seitens der Erwählten. »Mose? Ein Spitzenführer! Gut, dass wir den haben!«

Und noch die Täler Assyriens, die einsamen Höhen des Bet-Haggan, ja die steinernen Hütten der Amalekiter hallten wider von jenem stürmischen Applaus, der sich aus den Reihen der Israeliten da erhob und noch einmal erhob!

*

Die Welt gar nicht mehr recht verstanden Maria und Josef, als sie im Jahre eins v. Chr. von ihrem Nachbarn eine Packung Ferrero zu Weihnachten kriegten.

»Was ist das denn …«, fragte Maria, steckte sich eines in den Mund, kaute kurz darauf herum und spie es würgend wieder aus, »… für ein Scheiß? Bäääh!«

»Man nennt es Süßkram, und es ist nicht billig«, sagte der Nachbar beleidigt. »Schenken sich die feinen Leute jetzt zu Weihnachten.«

»Was ist das denn?«, fragte Josef.

»Der Geburtstag eures Sohnes. Er ist der Sohn Gottes und erlöst die Menschheit von der Erbsünde, sodass alle nach dem Tod in den Himmel zu den Engeln kommen und Gospel singen. Guter Typ.«

Maria und Josef sahen sich an. »Er hat zu viel von diesem Zeug probiert«, flüsterte Maria und zog ihren Mann dezent fort. –

Genau ein Jahr später: Es war Weihnachten. Friedlich schlummerte der Sohn Gottes und Menschheitserlöser in der Krippe, in freudiger Ehrfurcht boten die Heiligen Drei Könige ihre Geschenke dar: Gold, Weihrauch und Myhrre.

»Können wir ihnen denn gar nichts anbieten?«, flüsterte Josef zu seiner Frau, die einige Sekunden lang ratlos dreinblickte, dann aber hinter einem Heuballen verschwand.

Lächelnd kam sie wieder. »Nehmet, ihr Könige, und esst. Man nennt es Süßkram, und es schmeckt vorzüglich.«

So eine linke Zecke war die Gottesmutter.

*

Nach Ablauf von weiteren vier Jahren kam es in der vor Hitze nur so flirrenden Ortschaft Ije-Haarbarim an der Grenze zwischen Kanaan und Moab zu einer missglückten Existenzgründung, als nämlich der dann später als Apostel reüssierende Petrus ein wortwörtlich »Fun-Inn-Sonnenstudio« eröffnete. Und bald schon fluchend wieder schloss.

*

Es begab sich aber zu der Zeit, da in Jerusalem der erste Weihnachtsmarkt eröffnet ward, dass viele Jünger Jesu dorthin gingen, und unter ihnen war ein frommer starker Eisenschmied mit Namen Sambil. Vierzehn Schädel eines erhitzten süßen roten Zimtweines hatte Sambil getrunken, als ein römischer Rufer zu ihm hintrat und rief:

»Du bist Sambil, der starke Schmied, und sollst Cäsars Gladiator werden im neuen Zirkus von Jerusalem! Sechs Tage wirst du speisen und trinken wie ein Imperator, doch am siebten Tage werden wir dir die Löwen zum Fraß vorwerfen!«

Nach all den Weinbechern glaubte Sambil aber auch jenen Worten, die der Römer versehentlich gesprochen, und ging mit ihm; und er speiste sechs Tage lang nur sehr wenige Handvoll, auf dass er hungrig bleibe für das große Mahl; und so geschah es.

Und als der siebte Tag heraufzog, war Sambil blass und kraftlos, und seine Knie zitterten, und seine Sinne versagten ihm; und die Zirkusknechte mussten ihn stützen auf seinem Weg in die Arena. Dort aber rannten sieben lebendige Löwen direkt auf Sambil zu, und Sambil sah sie und erkannte seinen Irrtum und sprach: »Wahrlich, verflucht sei die teuflische Wirkung des Weines! O Herr, vergib mir!«

Und der Herr erhörte seine Stimme, und die Kraft kehrte zurück in Sambils Körper; und er fraß sieben Löwen.

*

Eher unwahrscheinlich, aber von frommen Hirten sowie Däniken bestätigt ist ein Geschehnis zwischen Josef, Pontius Pilatus, dem Kaiser Augustus und nano-technisierten Außerirdischen, die im kargen Südzipfel Mesopotamiens gelandet waren, um dort ebenfalls eine Volkszählung durchzuführen. Es begab sich nämlich, dass Augustus die Brenzligkeit der Lage unterschätzte und Pontius Pilatus den Befehl gab, die Froggs, die er für rebellierende Briten ansah, zu fangen und den Löwen vorzuwerfen. Schnell kam es seitens der hyperüberlegenen »Barbaren« zu Warngammastrahlen in die Luft, und wäre Josef nicht vermittelnd eingeschritten, hätten sie den Kaiser qua Energiefeld gelähmt, in ihr Schiff gebeamt, entführt usw.

Den Kaiser!

Sie flogen aber wieder ab.

*

Zu einem für die Heilsgeschichte ungewöhnlich miesen Foul kam es am zweiten Advent des Jahres drei n. Chr., als der von Dynamo Judäa ausgeliehene Aaron dem Esau von Atlanta Jericho, Sohn des Bileam, Sohn des Balak, im eigenen Fünfmeterraum den Socken draufhielt. Natürlich hatte der Unparteiische aus Österreich keine andere Wahl: rotgelb für den bereits verwarnten Übeltäter; und Spielverbot im Revierderby gegen die Alemannia aus Bethlehem.

*

Ein ganz andermal saß der im antiken Hameln wohlbekannte Jäger Seyfried auff der Weyden, Sohn des Erasmus von Eyb, Sohn des Nicolaus Melanchthon, in seiner großen Bronzewanne und ließ sich mittelwarmes Wasser um den Wanst rollen, als aber der Messias zu ihm hintrat und sprach: »Mach Platz, mein Sohn. Denn siehe, ich bin auf einer langen Reise und verschwitzt, du aber bist Besitzer einer stolzen Bronzewanne. Selig sind die, die teilen können und speziell im Fall von Bronzewannen ihren Heiland mit reinlassen. Verdammt und verflucht bis in alle Ewigkeiten und darüber hinaus ist jedoch derjenige Hamelner Bronzewannenbesitzer, wo ...«

»Qvatsch keyne Opern vnd sez dich!«, versetzte da fast lästerlich der auff der Weyden und machte widerstrebend Platz, griff dann aber bald zu einer roten Quietscheente und gab ihr einen Schubs Richtung Heiland, von wo sie auch prompt zurückkam.

*

Was man ja heute auch nicht mehr weiß: Wie die Beatles waren die Heiligen Drei Könige ursprünglich mehr, nämlich neun. Führende Psychologen hatten die Muttergottes allerdings vor einer zu großen Aufregung ihres Babys und der Gefahr posttraumatischer Belastungsstörungen wie ADHS gewarnt, und so lud der Herrgott sechs wieder aus. Pech im Glück: Die Ausgeladenen hatten weitaus coolere Geschenke besorgt, ein Schaukelpferd, die berühmten »Schleich«-Hartgummitiere aus Schwaben, ein Smarties-Eis, Federball, intelligente Knete, diese ganze

Richtung! Erst mit zweiunddreißig Jahren erfuhr Jesus die Wahrheit, und bis heute hält sich im Internet das Gerücht, er sei nur auferstanden, um seinen Gott und Vater nachträglich kraftvoll anzuschnauzen.

*

Sechs tage vor der weyhnachtlichen hochzeyt kam Jesus gen ethaniam, do Lasarus gestorben was, den Jesus ufferwecket hatt. Und als er was zu Bethania in dem huß Symonis des pfaffen und nidersassz, bereyteten sye im ein obentmol zu. Und do kam die fraw Martha zvsamen mit ettliche astreyne weybs. Sye hattend merere pfundt vol vngefelschten vnd kostlichen branntweyn vnd ouch zen litter schnappsz, vnd zack! gos eyn jeder sich inclusiv Jesus seyn haubt rappelvol, ehehehe. Von garstigen lidern, von lastig geruch vnd gerylps ward erfüllt das huß dißes paffen, vnd der gannze vereyn samt Jesus kam vnder dem tisch zu ligen. Dißer aber sprach seliglich in im selber: Fürwor sag ich euch, wo diß schnappsz mit solcherley weybern uffgesauffet würt in der welt, da ist alles im lot vnd allzeyt in friden vnd …

(Anmerkung der Lektorin: »Ist das noch Hebräisch? Fragment zweifelhaft.«)

DIE KÖNNEN SIE AUCH: TRAUMBERUFE RUND UMS FEST

Gottesmutter

Der Mensch in seinem Brotberuf
Geht Jahr um Jahr kaputter.
Aus göttlichem Erbarmen schuf
Gott den der Gottesmutter.

Die ihn ergreift, lebt hochgeehrt:
Die erste ist gar heilig.
Und weil ihr Sohn bald wiederkehrt,
Ist's mit der zweiten eilig!

Bewerben kann sich jede Frau
Mit Spaß an Lichtempfängnis.
Das Casting macht die Tagesschau,
Bei Schummeln droht Gefängnis.

Christkind

Mit Ochs und Esel in dem Stall
Liegt man in süßem Schlummer
Und träumt ein Lied aus Nachtigall,
Posaun' und Bassgewummer.

Dann stürmen Könige herein!
Laut brüllen Ochs und Schafe!
Laut brüllt man selber: »Muss das sein?!«
Und fordert Todesstrafe.

Dann schläft man weiter frohgemut;
Man ist ja doch kein Böser.
Bereits als Christkind lebt man gut,
Doch besser als Erlöser:

Erlöser

Nach außenhin kriegt er wie du
Mal grad eintausend netto.
Doch hat der Glückspilz und Filou
'nen super Trumpf in petto:

Er braucht kein Geld zum Shoppen nicht.
Wein, Brot, der ganze Plunder:
Kaum spricht er ein Gebetgedicht,
Ist alles da – per Wunder!

Und schluckt er mal zuviel: Egal!
Nie hat er einen Kater!
Der Grund? Im Grunde ein Skandal:
Sein Vater ist – *Gott*vater …

Gottvater

Ein Posten rund wie ein Gedicht
Und schön wie Orchideen:
Man deklamiert: »Es werde Licht!«,
Schon kann man alles sehen.

Und auch der Rest ist reine Kür:
Man macht das All, die Erde,
Die Luft, das Meer, das Land und für
Die Kinder Schaukelpferde.

Am Schluss kommt noch St. Martin dran,
Die Flora und die Fauna,
Knecht Ruprecht und der Weihnachtsmann.
Dann darf man in die Sauna.

Heiliger Drei König

Drei Stellen sind im Angebot.
Zu tun ist äußerst wenig,
Doch gibt es neben Lohn und Brot
Dreimal den Titel »König«!

Und wem drei Kronen lieber sind,
Der kriegt vielleicht gar alle!
Der geht zu dritt zum Jesuskind
Nach Bethlehem im Stalle

Und ruft dreimal »Gebenedeit!«.
Gesucht wird also eine
Multipele Persönlichkeit,
Die denkt, sie wäre keine.

Esel

Du stehst im Stall mit Gottes Sohn.
Du bockst. Du neigst zur Sprödheit.
Du bist die inkarnierte Fron
Und Inbegriff der Blödheit.

An deinem Hirn steht »Ausverkauf«.
Nachts legst du dich zum Ratzen.
Am Morgen stehst du wieder auf
Und willst vor Blödheit platzen.

Du lachst, wenn du im Staube wühlst,
Und freust dich an Beschwerden.
Wenn du dich angesprochen fühlst,
Dann kannst du Esel werden.

Weihnachtsstern

Der Arbeitsplatz muss hoch hinaus,
Und darum ist er leider
Für Höhenängstliche ein Graus.
Man hängt im Paraglider,

Der wurde golden angemalt
Und kriegte Schweif und Zacken.
Man schwebt, von Lichtern angestrahlt
Wie von der Faust im Nacken,

Am Himmel über Bethlehem
Und lockt so aus der Ferne
Die Dings, die Hirten an – doch wem
Das liegt, der tut es gerne!

Hirte

Man guckt herum, man döst, man raucht,
Mal sitzt man und mal steht man,
Bis irgendwann ein Stern auftaucht,
Der sich bewegt. Dann geht man.

Dann geht man los und sagt dem Hund
»Du achtest auf die Herde«
Und folgt dem Stern, läuft Stund um Stund,
Flucht »puh« und zetert »merde!«,

Dann hält das Ding bei einem Stall.
Ruckzuck wird man entlassen
Und läuft mit Blasen überall
Nach Hause. – Nicht zu fassen!

Weihnachtsmann

Ein Traumberuf, der Weihnachtsmann!
Man packt die schwarze Rute aus
Und schnauzt die kleinen Kinder an –
Pardon: Das macht der Nikolaus.

Ein Traumberuf, der Weihnachtsmann!
Auf seines Herzens Rat hin
Zerreißt man seinen Mantel, dann –
Pardon: Das tut Sankt Martin.

Ein Traumberuf, der Weihnachtsmann!
Froh schafft man die Geschenke
Gold, Weihrauch und auch Myhre ran –
Pardon: Das ist die Wencke.

Josef

Maria wird extrem berühmt
Ins Paradies verfrachtet.
Doch Josefs Leid bleibt ungesühnt,
Der Mann stark unbeachtet.

Wo musste sonst ein Vater je
Der Zeugungslust entsagen?!
Das blöde »Licht« – ojemine!
Doch nie hört man ihn klagen.

Er ist die stumme Randfigur
Des Neuen Testamentes.
Er sagt fast nichts. Ihn gibt es nur.
Ein jeder Vater kennt es …!

WEIHNACHTSMARKT ALS WELTENGLEICHNIS
Eine Buchbesprechung

HEMBER Redaktion Weihnachtsmärkte (HG.): Deutschlands schönste Christkindl- und Weihnachtsmärkte, Erstausgabe, Görres-Druckerei Koblenz, 143 Seiten

Man hat das Christentum – war es der Philosoph Habermas? – als die letzte große Sinnformation des zweiten Jahrtausends bezeichnet. Man hat es – war es der Wassermann? – als den Mythos einer sich in der Jetztzeit überlebenden Epoche beschrieben, die der des Wassermanns zu weichen habe. Man hat sich – war es Jesus? – gar dafür ans Kreuz schlagen lassen. Und man hat sich, zum Ausklang dieses Jahres, zur Würdigung eines dem Christentum zugehörigen Phänomens entschieden, dessen Zerbrechlichkeit und Schönheit, dessen Vielfalt und Reiz nur wird genießen können, wer die Mühen (die Freuden) einer vorherigen eingehenden Lektüre nicht scheut. Zu den Signien dieser Zeit mag zählen, dass die Mär von unerhörten Dingen und Begebenheiten nicht von Mund zu Mund, sondern im Takt umgeschlagener Buchseiten geht.

»Es war einmal«, sagt das Vorwort, »es war einmal … so beginnen viele Geschichten, und so beginnt auch die ›Geschichte‹ um diesen Christkindl- und Weihnachtsmarktführer.« Er versammelt »mehr als 100 Beschreibungen« deutscher Weihnachtsmärkte von niemals mehr als zwanzig Zeilen Umfang zuzüglich kleinformatigem Schwarzweißbild; hundert weitere Christkindl- und Weihnachtsmärkte erfahren, qua Nennung der je markthaltenden Ortschaft samt Datum, eine schriftliche Erwähnung ihrer Existenz: »Absteinach: 12. 12.; Freigericht: 4.–5. 12.; Sinntal-Schwarzenfels: 27.–28. 11.; Plattling: 2.–5. 12.«

Gewiss muss man das lesen; aber warum?

Weil Hermeneutik die Kunst ist, fremd Scheinendes durch lesendes Hineinversetzen zu entziffern, wobei Lebenswelt des Lesers und des Autors sich gegenseitig spiegeln und entschlüsseln. Ein jeder Markt, so sagt das Vorurteil des Lesers, ist auch wie jeder andere: »Kennste einen, kennste alle.« Im Fall der »Christkindl- und Weihnachtsmärkte« gilt, so offenbar das Ethos der Autoren, das krude Gegenteil: Man muß »100«, ja »200« gesehen haben, um einem auf den Grund zu kommen; den Lesern werden Tagesreisen nach Absteinach, Plattling, Freigericht und verwandten Weltstädten warm und wärmst empfohlen. – Wer sind, und welcher Lebenswelt entsprungen, die Autoren?

Einen kleinen Fingerzeig erhascht der Lesende im Vorwort. »Es waren einmal«, erzählt es im direkten Anschluss an die weiter oben zitierte »Geschichte« und in wiederum Eichendorffschem Duktus von dem, was einmal war, »es waren einmal eine Handvoll Journalisten. Sie trafen sich zu einem duftenden Glas Glühwein. Auch die Pläne für die Zukunft spielten bei diesem Treffen eine Rolle, und man entschloss sich schließlich, einen Führer über Deutschlands schönste Christkindl- und Weihnachtsmärkte zusammenzustellen« – nein, so rechtes Licht vermöchte ins wie gewollt verhangene Nachtschwarz dieser Journalisten-Handvoll nicht zu dringen. Bleibt nur der nackte Text.

Der allerdings ist ein Jahrtausendepos.

*

Denn das Werk bedient sich jener Weihnachtsmärkte lediglich als weicher Folie, der es seinen epochalen Weltentwurf souverän einzeichnet. Drei zentrale Stellen gibt es, die in geradezu genialer Weise im Gesamt der seriellen Textbausteine platziert sind. Die eine steht auf Seite 132: *»Heide. Frischer Tannenduft und der verführerische Geruch von gebrannten Mandeln zieht in der Vorweih-*

nachtszeit durch Heide.« Unter dem Titel »Erfurt« heißt es exakt fünf (!) Seiten später: *»Rund 130 Verkaufs- und Imbissstände bieten festlich geschmückt ihre Waren an. Das Angebot ist breit gefächert. Neben dem beliebten Glühwein und den leckeren Thüringer Bratwürsten sind besonders die Erzeugnisse der Handwerkskunst hervorzuheben.«* Und schließlich, auf Seite 64: *»In festlichem Lichterglanz erstrahlt Rostock zur Weihnachtszeit. Nicht nur Kinderaugen leuchten, wenn ein umfangreiches Rahmenprogramm …«* usw.

Genau diese neun Topoi »Tannenduft – Mandeln – Festlichkeit – breites Angebot – Glühwein – Handwerksartikel – Lichterglanz – Rahmenprogramm – leuchtende Kinderaugen« sind es, die in einer mathematisch präzis durchkalkulierten Mischung und Verteilung auch in allen anderen Textchen auftauchen. Zudem sind sie aus drei Bausteinen gewonnen; ein der christlichen Mythologie heiliges 1:3-Verhältnis, das in gleich mehreren Bezügen innerhalb des Buches wiederkehrt:

1) zwanzig Weihnachtsmärkte (ein Fünftel aller im Buch behandelten) führen »gebrannte Mandeln«. Dreimal so viele, nämlich sechzig, entzücken die Besucher mit einem »stimmungsvollen Lichterglanz«.

2) Auf zwölf Märkten duftet es »angenehm nach Tannengrün«. Wiederum dreimal so viele, nämlich sechsunddreißig, bieten den »wärmenden«, wahlweise »beliebten Glühwein«.

Ein zweites Fünftelverhältnis (die fünf Söhne Isaaks!) ergibt sich zwischen der Anzahl der Tannengrünerwähnung und dem Gesamtaufkommen jener Märkte, die weihnachtliches Kunsthandwerk feilbieten (»Kerzen, Schmuck, Lederwaren, Glas, Keramik«): Hier heißt es 12:60. Erinnern wir uns: Der Autor nennt sich selbst »eine Handvoll« und präsentiert sich mithin als – eine Fünf!

Fünf Plagen kamen über Ägypten. Um fünf Uhr trinkt man Tee. Und fünfmal drei sind fünfzehn; nur zwanzig Cent weniger kostet das Buch. Zwanzig … boten nicht genauso viele Märkte »gebrannte Mandeln« an?

Starb Christus nicht mit zwanzig?

Und hing er nicht drei Tage?

Dreimal zwanzig ergibt sechzig; auf just so vielen vorgestellten Christkindl-Märkten herrscht, so die Autor-Fünf, »weihnachtliche Festlichkeit«, »Lichterglanz« bzw. »Stimmung«.

Dreimal sechzig: Wie alt, noch mal, ist eigentlich Helmut Schmidt? Ist er – die »Hember-Redaktion«?!

*

Eine zweite und dritte Ebene der Interpretation erschließt sich aus einer den Textbausteinen immanenten Kette reziproker Ausschlüsse: Es gibt nicht alles überall. Wo »Glühwein« erwähnt wird, findet der Topos »reichhaltiges Angebot« eine deutlich unterdurchschnittliche Erwähnung; »leuchtende Kinderaugen/höher schlagende Kinderherzen« fehlen praktisch völlig dort, wo »gebrannte Mandeln« zu bekommen sind. Nur »Lichterglanz« und »Rahmenprogramm« konvergieren durchgehend; im Gegensatz zu, seltsam genug, »Tannengrün« und »Kunsthandwerk«, die sich offenbar ausschließen.

Ein hübsches Beispiel, eines unter Hunderten: *»Karussells lassen Kinderherzen höher schlagen und geben den Erwachsenen gleichzeitig die Muße, ihren Glühwein in aller Ruhe zu genießen. Mit rund 120 000 Besuchern zählt der Neubrandenburger Weihnachtsmarkt zu den attraktivsten Anziehungspunkten der Region während der Vorweihnachtszeit. Empfehlenswert: Handwerkliches aus Holz und Glas.«*

Sagenhaft. Und wenn genauere Exegese auch womöglich noch zu leisten bleibt: Von solchen Journalisten lesen wir gern alles Weitere.

EIN ~~MÜNCHNER~~ HERNER IM HIMMEL

Die Weihnachtsgans
So ganz allein,
Sie wollte mir nicht munden.

Im Walde stand's,
Das Pilzelein,
Und rief: »Ich mag sie runden!«

Die Punkte weiß
Auf rotem Grund,
Am Schaft ein feuchter Schimmel.

Ich briet es heiß.
Voll war mein Schlund.
So kam ich in den Himmel.

Der Bauch noch brach,
Der Gang noch schwank:
Ich musst' mich übergeben.

Der Herrgott sprach
»Na vielen Dank«
Und ließ mich wieder leben.

Moral: Man bricht
Im Himmel nicht,
Der Herrgott sieht's nicht gerne.

Doch wenn man's tut,
Wird alles gut:
Ich bin zurück! In Herne!

WEIHNACHTSENGEL HEUTE:

NEUE HEILIGENBILDCHEN

Franz-Peter Tebartz-van Elst

Ward Glitzerzeug als Stimulans
Des Glaubens je bestritten?
Besteht der Glanz des Vatikans
In fahlen Wellblechhütten?

Verhieße eine Sacré Cœur
Aus Lehm den Garten Eden?
Verdienten Könige Gehör,
Wenn sie in Fetzen reden?

Für all dies zeigte jener Sinn,
Und falsch war alle Strafe.
Wir wollen keinen Bischof in
Der Wolle seiner Schafe!

Pep Guardiola

Man sah ihn siegen Jahr um Jahr
Und seine Schöpfung feiern.
Doch mancher Gott ist sonderbar,
Und dieser ging nach Bayern.

Nun paukt er's Deutsche Wort für Wort,
Doch ist sein Lohn betrüblich:
Das Deutsche ist, zumal vor Ort,
In keiner Weise üblich.

»Wieso spuit's net vo hintn raus?
Da zuckt's mir in den Händn,
Ja, Schweini, mei, es is a Graus!« –
Ach, darf ein Gott so enden?

Margot Käßmann

Zwei schwere Jahre führte sie
Das Haus der Lutheraner.
Dann machte Wein sie leicht wie nie:
Viel freier, viel spontaner.

Die Ampel rot, die Käßmann blau –
»W-was soll das Rot b-bedeuten?!«
Seit diesem Tage wird die Frau
Geliebt von allen Leuten.

Sie hat Erfolg im ganzen Land
Und Stimmen, die sie feiern.
Wann wird der FDP-Vorstand
Blau durch die Hauptstadt eiern?

Patriarch Kyrill I.
Patriarch der russisch-orthodoxen Kirche

In Schleiern einer Königin,
Todschick Gewand und Leibchen:
Da steckt gewiss ein Männchen drin,
Doch auch gewiss ein Weibchen.

Das weiß, was krank ist und gesund
Und was die Sünde mindert:
Laut ihm geht jeder Staat zugrund,
Der Schwule nicht behindert.

Die Schussel alter Schule sind
Mehr drollig als dogmatisch:
Dass Schwulenhasser Schwule sind,
Macht sie ja fast sympathisch.

Thomas de Maizière

Viel Millionen fraß die Drohne
Aus dem Topf der Bundeswehr,
Doch die bleibt vermutlich ohne.
Danke, Thomas de Maizière!

Panzer, Bomben und Raketen
Und was sonst zum Morden neigt:
Lasst uns hoffen oder beten,
Dass er einst auch sie vergeigt!

Denn wenn Kriegsherrn Frieden schaffen,
Dürfen sie *vor Stolz* erröten:
Nur mit nicht gebauten Waffen
Kann man keine Menschen töten.

Der Fußballgott

Der Dumme macht sich selbst zum Ziel
Von Gottesfurcht *und* Klage:
Er sorgt im selben Fußballspiel
Für Sieg *und* Niederlage!

So wird er zwar auch dann geliebt,
Wenn er extrem gehasst wird,
Weil's *hier* 'nen Sieg zu feiern gibt,
Obwohl er *dort* verpasst wird –;

Doch reden ungerecht und harsch
Zumal die, die verloren.
Die nennen ihren Gott dann »Arsch«,
Zum Teil sogar »mit Ohren«!

Hans-Peter Friedrich

Wie Christus auferstanden ist
Aus Mitleid und Erbarmen,
So stand auch dieser große Christ
Auf Mitleid mit den Armen.

Er hielt die Flüchtlingspolitik
Europas für goldrichtig
Und Schreie, Tränen und Kritik
Für sachlich falsch, ja nichtig.

Und in der Tat: Es ist doch toll,
Dass immer mehr ersaufen.
Denn ist das Mittelmeer erst voll,
Dann kann man drüberlaufen.

Joachim Gauck

In finstrer Gegenwart erhellt
Der lustigste der Pfarrer
Und coolste Joachim die Welt:
Erneurer *und* Beharrer,

Ein Rechter, links, ja liberal,
Für Krieg *und* Frieden offen,
Für Arm und Reich und piepegal
Von deutscher Schuld betroffen

In tiefer Scham und hohem Ton:
»Blabla … in deutschem Namen …«
Und will ein Land Reparation,
Dann sagt er Nein *und* Amen.

Ursula von der Leyen

Die Armee soll schöner werden:
Tagesmütter! Kitas! Cool.
Morgen geht's auf Schaukelpferden
Statt auf Panzern durch Kabul.

Schöner auch die Kanonade:
Haribos statt Oberst Klein!
Bomber werfen Schokolade,
Darauf steht: »Gruß von der Leyen«.

Drohnen schicken bunte Ranzen
Und Raketen Marzipan!
Hui, die Kinder werden tanzen,
Hier und in Afghanistan.

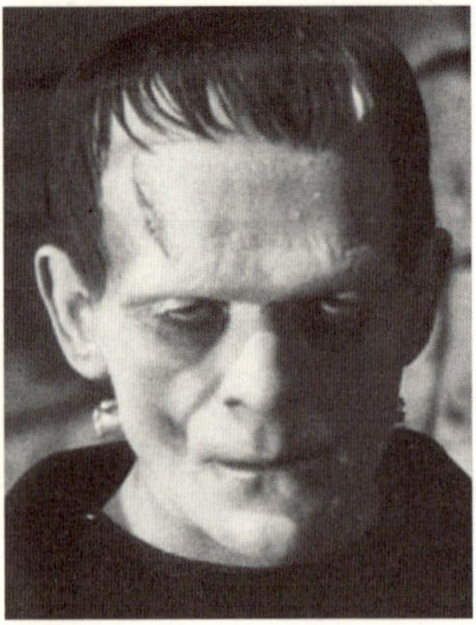

Recep Tayyip Erdogan

Vielhundert sind im Berg erstickt,
Verbrannt, verletzt, verkrüppelt.
Da hat er Polizei geschickt
Und Trauernde verknüppelt,

Denn nur der Schmerz am eignen Leib
Kann den im Herzen lindern.
Froh tanzte da manch' Witwenweib
Mit halben Waisenkindern!

So heißt der weltweit beste Mann
Von Stockholm bis Anguilla
Ganz ohne Zweifel Erdogan.
(Platz zwei geht an Godzilla.)

Kim Jong Un

So manche Kindheit ist nicht leicht
Und manche schwer wie Steine.
Doch keine ist so unerreicht
Bleischwer wie Kim Jong seine.

Vom Christkind wünschte er sich sehr
Ein Stofftier von Ikea.
Doch ach herrrje, was kriegte er?
Das ganze Nordkorea.

Da ließ die Wut ein Mondgesicht
Auf dickstem Halse sprießen.
Und lacht der böse Onkel nicht,
Dann lässt er ihn erschießen.

Gott

Und wieder säuft die Erde Blut,
Und Gott lässt sie gewähren.
Und wieder findet's keiner gut,
Und einer kann's erklären:

Gott nutzt ein retro Opernglas
Und guckt und guckt, doch wahrlich:
Scharf ist sein Blick nur bis zum Mars.
Die Menschheit sieht er gar nich'.

Er sieht nur Knall und Rauch und Brand
Und Gift in Meer und Äther
Und denkt: Planet im Urzustand,
Da lebt noch nix. Bis später!

Philipp Lahm

Weinen hörte man und Beten,
Als die Horrormeldung kam:
»Philipp Lahm zurückgetreten.«
Warum ausgerechnet Lahm?!

Großkreutz, Özil und Khedira,
Mehdorn, Dobrindt, Gabriel,
Merkel, Bieber, Klum, Shakira,
Wespen, Mücken, Putin, Shell,

IS und die Schreckensreiter
NSA und CSU –
Alle, alle machen weiter,
Nur der liebe Lahm nicht. Buh!

LANGSONETT VON DER EVANGELISTISCHEN POMMESBUDE

In Deutschlands hohem Norden steht, in Verden,
Dort wo die Aller in die Weser fließt,
Ein Haus, das hat der Heiland auserkiest
Als beste Pommesbude hier auf Erden.

Und wahrlich lindert sämtliche Beschwerden,
Wer frohe Wurst auf frohe Botschaft spießt.
Die Pommesbude, die Leviten liest:
So mag zum Fraß der Geist gesegnet werden!

Und ob der Geist auch Bier in Eimern schüttet
Und Schweinewürste zentnerstark verzehrt:
Wer Christi Pommesbude fromm beehrt,
Dem hilft er, dass der Magen nicht zerüttet,

Selbst wenn Gevatter Tod zum Tanze bittet,
Nachdem man sich erbrach als wie ein Pferd.
Die Bude macht, dass lebend wiederkehrt,
Wer hier vom Leben ins Nichtleben schlittert!

Doch Frömmigkeit braucht Phantasie und Mut.
Der Essigschwamm sei euch die Mayonaise,
Und Tütens Ketchup nehmt als Christi Blut;

Das auch als rote Tinte taugen tut!
Denn erst wenn er am Wurstkreuz INRI läse,
Fänd' auch Gottvater diese Bude gut.

V
GROSSES FINALE

DAS WORT ZUR WEIHNACHT

»Advent, Advent, ein Lichtlein brennt.
Erst eins, dann zwei, dann drei, dann vier,
Dann steht das Christkind vor der Tür.«

Mit diesen Zeilen, meine lieben und sehr geehrten Leserinnen und Leser, besingen in Deutschland Groß und Klein die Erwartungszeit bis zur Ankunft des Gottesohns. So alt indes, wie mancher glauben mag, ist dies hübsche Liedchen nicht: Wie die Wikipedia erfahren konnte, war es im Jahre 1838, dass ein evangelischer Pastor aus Norddeutschland mit frommen Handwerksgesellen ab dem letzten Novembertage täglich in der Bibel las und allabendlich eine Kerze entzündete, bis es schließlich fünfundzwanzig waren. Im nächsten Jahre aber entzündete er aus Gründen bloßer Geldersparnis nurmehr jeden Vorweihnachtssonntag eine, dazu eine letzte am Weihnachtsabend. Und für diese fünf Kerzentage ersann er das uns bekannte Verslied.

Und so sind wir beim Thema meiner kleinen Predigt: den Problemen des Einzelhandels. Und der bangen Frage, welche Folgen die damalige, sage und schreibe achtzigprozentige Reduzierung des Kerzenverbrauchs wohl für den lokalen Kerzenmacher zeitigte. Wie kam der Arme über den Winter? Kam er überhaupt? Musste er teure Zinsschulden aufnehmen? Oder sein Geschäft gar schließen? Endete seine Familie in Armut und er in Trauer und Branntwein?

Zum Weihnachtsfeste geht von Besinnung die Rede, von Einkehr, von Ruhe, von unserer Vorfreude auf Christi Geburt, von der Liebe für unseren Nächsten und dem Gedenken an die Armen im Geiste. Aber sind arm nicht auch wir, wenn wir uns den Angeboten und selbstlosen Sonderangeboten der herstellenden und handelnden Brüder und Schwestern verschließen?

»Dann steht das Christkind vor der Tür«, heißt es im Lied, und kein Wort davon, dass es dort draußen irgend unzufrieden sei. Das Christkind will nicht »rein«, es will draußen bleiben und durchs Fenster beobachten, wie wir stundenlang Geschenke auspacken und am Ende unterm Geschenkpapier einschlafen – erschöpft, aber glücklich. Ein Messdiener, der an einem sehr seltenen Reimzwang leidet, fragte mich neulich:

»Ja liegt allein im Reibach denn
Der ganze Sinn von Weihnachdenn?!«

Meine Antwort lautete: *Allein* im Reibach nein, aber wie sagt der Volksmund: Ohne Geld ist alles Quatsch. Jesus vertrieb, wie wir wissen, die Händler aus dem Tempel, nicht aus den Einkaufszonen. Erst gestern traf ich einen befreundeten Pfarrer, der in seiner kargen Freizeit Frühstücksbrettchen für den Weihnachtsmarkt schnitzt. Er beklagte, dass Weihnachten immer mehr zum bloßen Fest der Liebe verkomme; so werde er in diesem Jahr wohl 3,14 Prozent weniger umsetzen als in 2013, und wenn es so weitergehe, müsse wohl auch er auf die langweiligen chinesischen Giftschmusetierchen umsteigen. Er hatte Tränen in den Augen, als er dies sagte.

Liebe Leserinnen und Leser, machen wir, dass er nicht weinen muss. Gehen wir. Bis zwölf Uhr sind die Stände, auch am Samstag, noch offen.

ABER SEHT DIE GUTEN

Seht die Großen, die da wie die Kleinen
Traumumspült und weichen Herzens sind.
Seht die Städte all so zaubrisch scheinen:
Lichtertanz in frühem Winterwind.

Seht die Väter, die sich steinern wähnten,
Kindlich in den Karussells erblühn.
Seht die Mütter, die mit glücksumtränten
Augen staunend durch die City ziehn.

Aber seht die Schlechten: die in Tischen
Hirnlos wühlen, unwissend, verlorn.
Schlichter Abgreif dumpfer dummer Ischen
Mit rotgroßen Klunkern an den Ohrn.

Aber seht die Guten: wie sie raufen
An den Büchertischen, todsbereit,
Um die weißgott besten und sie kaufen:
Meine, Gsellas. O du Weihnachtszeit!

WEIHNACHTEN IN DER KRISE: BETEN, SPAREN, LIEDLEIN SINGEN

3,1 Quattromilliarden Euro Staatsschulden pro Kopf – da ist sogar zum Fest der Liebe Schmalhans Küchenmeister! Macht aber nix: Hier sehen Sie, wie Sie die Geburt des Heilands auch in harten Zeiten rauschend feiern können.

Mythos und Atmosphäre pur: der Adventskalender. Vierundzwanzig Mal Vorfreude auf den Heiligen Abend, vierundzwanzig Mal dürfen Sie eine süße Überraschung entnehmen, am Kiosk gegen sage und schreibe acht Cent umtauschen, und am letzten Tag, juchhu!, verpfänden Sie gleich den kompletten Kalender, machen ein neues »Kästchen« auf, pfeifen es leer und fühlen sich nun ebenfalls wie neugeboren.

Erst eins, dann zwei, dann drei, dann vier, dann steht wegen der horrenden Ausgaben für einen handelsüblichen Adventskranz der Gerichtsvollzieher vor der Tür. Dass man trotzdem ein würdiger Gläubiger bleiben kann, ohne dass nichtswürdige Gläubiger klingeln, beweist das hier abgebildete Farbfoto. Tipp: Vorsichtig herausreißen, auf den Gabentisch legen, stärkeren Windzug vermeiden, fertig!

Seitdem Weihnachten zum Fest der Liebe verkommen ist, gilt Brillantgeschmeide unter vierhunderttausend Euro als Scheidungsgrund. Aber woher nehmen, wenn nicht haben? Glück im Unglück: Scheiden lässt sich Ihre Gattin zwar auch dann, wenn Sie ihr beliebte Alltagspreziosen wie Knödel oder zwei Stangen »Ja«-Bratfett schenken – schmecken tut der anschließende Festschmaus aber vielleicht trotzdem.

Baumhoch muss er sein, so traulich wie geheimnisvoll und weihnachtlich nach Buntglas und Lametta duften: der Tannenbaum. Unter ruinösen vierzehn Euro ist er aber kaum zu haben? Ist er doch: als kostenloses Modell »Papi«. Die anspruchsvolle Mobillösung bietet mehr, als ein Tannenbraum braucht (3,50 m), nadelt kaum und kostet pro Bescherung grade mal zwei Flaschen Dünger (Hefeweizen) – da staunt der Weihnachsmann!

Apropos trotzdem: Trotz dem Sparzwang führt an der guten alten Weihnachtsgans natürlich kein Weg vorbei, aber muss es immer eine gute alte sein? Warum nicht auch mal eine gute frische? Und warum Ganz? Ein ganzes halbes reicht doch auch, billiger sind Frankfurter Gummi-Hähnchen allemal, und wie gut trifft es sich, dass Sie Ihrer Gans gerade erst Knödel und Bratfett geschenkt haben – Stichwort Sättigungs»beilagen«…

Wenn Kinderaugen höher schlagen: Was wäre die Erlösung ohne süßen bunten Weihnachtsteller? Äpfel, Apfelsinen, Plätzchen, Bonbons, Marzipankartoffeln: Sie alle kosten tausend Geld und greifen unsere Zähne an. Deutlich billiger und ungesunder ist da der echte weiße Würfelzucker ©. Schmankerl für den »Tannenbaum«: ein Tröpfchen Rasierwasser draufgeträufelt, fertig ist Paps' exquisite Weinbrandbohne de luxe parisiènne.

Vorüber, ach! ist die Bescherung, zur Abendmesse läuten Glocken von fernher, der Papi will den Van aus der Garage holen, dann der Schreck: Beides ist ja längst verkauft, Busse fahren an Christkind nicht, Taxi kommt schon gar nicht in die Tüte. Natürlich kommt auch Trampen gar nicht in die Tüte, aber was sonst? Also trampen: Bauch rein, Daumen raus, kostenlos ins Gotteshaus!

Dank an die Redaktion der »Titanic« für ihre kräftige, wo nicht maßgebliche Hilfe bei der Erfindung und Herstellung dieses Beitrages.

EIN LETZTER WEIHNACHTSABEND

Wie der Vater hockt die Mutter
Stumm vor Omas Käsesahne.
Oma buddelt filigrane
Löcher in die Erdnussbutter.
Und so schleicht sich die Verheerung
Leise, wie ein Tiger, an.
Mutter atmet, faucht – und dann
Beißt sie zu: »Jetzt ist Bescherung!«

Vater kugelt durch den Raum,
Licht geht aus, die Oma singt
»Stille Nacht«, was mittel klingt.
Dann erstrahlt der Tannenbaum.
Mutter gibt dem Sohn ein Küsschen:
»Guck, da kommt der Weihnachtsmann.«
Vater schleppt Geschenke an.
Oma mümmelt Ültje-Nüsschen.

Mutter kriegt zwei Jugendbücher,
Oma eine Kombizange,
Vater eine Grauhaarspange
Und der Sohn vier Küchentücher.
Und in weihnachtlichem Glück
Sieht ein jeder: Huch, das war
Mein Geschenk vom letzten Jahr;
Heute gibt's den Scheiß zurück.

Und sie schreien, hauen, stoßen,
Mutter schmeißt mit Entenscheiben,

Oma will den Sohn entleiben,
Vater kippt die Bratensoßen
Brüllend auf die Blutsverwandten,
Und dann geht es andersrum.
Und der Tannenbaum fällt um
Und verscheucht die Wutentbrannten:

Aus der Wohnung, aus dem Hause.
Flammen züngeln in die Nacht,
Und der Sohn denkt: »Gut gemacht.«
Oma mümmelt Tütenbrause.

VI
KLEINER AUSBLICK

SILVESTER
oder
ES MUSS NICHT IMMER EIN FEST SEIN

»Prost«, sagte Ursula und stieß ihr Pinnchen gegen meines. Auch ich sagte »Prost«; in einem Zug genossen wir die tiefrote Wacholderbeere, den ersten Alkohol des Tages, ein feines, handaufgesetztes Tröpfchen aus der Hobbywerkstatt meines Onkels. Dann traten wir ans Hinterhoffenster und hörten erste Böller explodieren. Ich legte einen Arm um sie, leise knackte das Babyphon.

»So ist es doch auch ganz gemütlich«, sagte ich und gab ihr einen Kuss, »es muss nicht immer ein Fest sein.«

»Noch drei Minuten«, sagte sie, dann rannte sie ins Badezimmer, kotzte sich die Eingeweide heraus und kehrte zurück.

»Was war denn?«, fragte ich, rannte ins Badezimmer und kotzte mir die Eingeweide heraus. Als ich zurückkehrte, stand Ursula am Spülbecken und kippte etwas in den Abfluss. Es war die Wacholderbeere. Wir beobachteten gemeinsam, wie ein Faulpilz herauskroch, ein etwa handgroßer in den Farben Grün, Tiefbraun und Umbra, stabil wie ein Wollsocken. Wir rannten ins Badezimmer und kotzten erneut. Dann war Neujahr. Es gab Magentee mit Knäckebrot.

AUCH WIEDER WAHR

Wenn's nach dem Herbstwind einmal anders käme,
Und grünte es, wie man's vom Märzen kennt;
Wenn also Winter eine Auszeit nähme
Für jene Wunder, die man Knospen nennt,
Und Beete leuchteten zum Weihnachtsfeste,
Und Rosen blühten wie im Mai so pracht;

Wenn fröhliche Silvesterpartygäste
In Hemden tanzten durch die erste Nacht
Des neuen Jahrs, das sich im Warmen wiegte,
Und erst im Juni fiele all das Weiß
Aus jener Kälte, die das Grün besiegte,
Wär's andersrum haarscharf derselbe Scheiß.

DER KATER

Der Abend nippt am guten Wein.
Die ersten Böller krachen.
Nachts schiebt man weichen Whiskey rein,
Danach die harten Sachen.

Man spürt im Schlaf: Da ist ein Dieb
Ins Schlafgemach geschlichen.
Am Morgen ist der Lebenstrieb
Dem Todeswunsch gewichen.

Im Kopf zerplatzt der Overkill,
Im Magen ätzt der Trester.
Der Tag, nach dem man sterben will,
Heißt demgemäß Silvester.

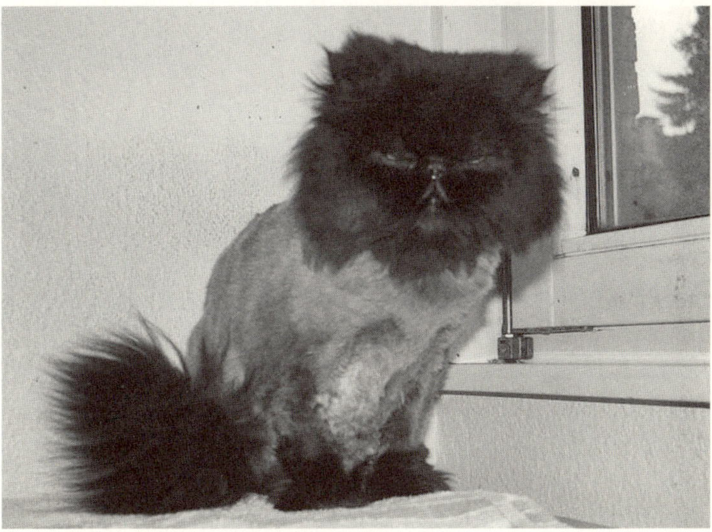

UND BALD KOMMT SCHON DER OSTERHASE

Zum Ostermorgen schmücket er
Das Abendland von alters her
Mit alten Eiern, die sind bunt
Und machen dumm und ungesund.

Schnell finden sie die Kinderlein
Und schreien: »Heut muss Ostern sein!
Weil nämlich Christkind und Neujahr,
Da liegen mehr so Touchpads da!«

Die Mutter weckt den Ehemann,
Die Kinder machen Fernsehn an
Und fressen alle Eier auf,
Dann hört die Osterfeier auf.

HINWEISE

Die weitaus meisten der hier versammelten Texte sind für dieses Buch geschrieben. In meinen älteren Büchern wurden erstveröffentlicht und für die Neuausgabe überarbeitet:

»Der sogenannte LKW«, »Weihnachtsgeschenke im Test (2): Kunst«, »Silvester« aus: *Blau unter Schwarzen,* Köln 2010

»O Tannenbaum« aus: *Komische Deutsche,* München 2012

»Auf dem Weg zur Christmess«, »Auch wieder wahr« aus: *Viecher in Versen,* München 2012

»Weihnachtsgeschenke im Test (1): Tiere«, »Weihnachtsgeschenke im Test (3): Verkleidungssachen« aus: *Kinder, so was tut man nicht,* Reinbek 2007

»Aber seht die Guten« aus: *Ins Alphorn gehustet,* Leipzig 2005

»Als der Heiland fragen lernte« aus: *Papa? Ja, mein Kind? Die letzten Fragen der Menschheit,* Frankfurt/M. 2008

BILDNACHWEIS

AFP Photo, Berlin: 131 (KCNA VIA KNS)
Corbis Images, London: 113 (Graphica Artis), 124 (Photoagency Interpress/ZUMA Press)
Getty Images, München: 127 (AFP)
Greser & Lenz: 17, 33, 74, 154
Thomas Gsella: 27, 52
Tom Hintner: 142, 143, 144, 145, 146, 147, 148
Picture Alliance, Frankfurt: 105 (AKG Images), 106 (Wolfgang Filser/Süddeutsche), 107 (maxppp), 108 (AKG Images), 109 (Mary Evans), 111 (dieKleinert/Beate Fahrnländer), 112 (The Marsden Archive), 114 (Artcolor), 121 (dpa/Arne Dedert), 122 (M.i.S.-Sportp), 123 (Sven Simon), 125 (dpa/Malte Christians), 128 (dpa), 129 (dpa/Jens Kalaene), 132 (AKG Images)
Michael Sowa/VG Bild-Kunst Bonn, 2014: 34
Your_Photo_Today, Taufkirchen: 110 (AAA/Jürgen Lehr)
Shutterstock, New York: 119 (Chantal de Bruijne), 126 (Koya979)
Dank an den TITANIC-Leser Rayk Unger für die Abb. von Seite 24
Aus: TITANIC – Das endgültige Satiremagazin: 18, 21, 84, 88
Aus: Thomas Gsella/Rudi Hurzlmeier, Kinder, so was tut man nicht. Ein pechschwarzes Brevier für die Familie. Illustrationen von Rudi Hurzlmeier, Copyright © 2007 Rowohlt Verlag GmbH, Reinbek bei Hamburg: 28, 29, 30, 31 o., 31 u., 32, 47, 48, 49, 50, 51
Trotz intensiver Recherche konnten die Rechte an einigen Abbildungen bis Redaktionsschluss leider nicht ermittelt werden. Der Verlag bittet Personen oder Institutionen, welche die Rechte an diesen Fotos haben, sich beim Verlag zu melden.

INHALT